Roland Gampp

Der Sohn des Beduinen
Gefangen im Tränenpalast DDR

Thriller

Die Handlung dieses Thrillers sowie die darin vorkommenden Personen sind frei erfunden; eventuelle Ähnlichkeiten mit realen Begebenheiten und tatsächlich lebenden oder bereits verstorbenen Personen wären rein zufällig.

Impressum

Bibliografische Information der Deutschen Nationalbibliothek: Die Deutsche Nationalbibliothek verzeichnet diese Publikation in der deutschen Nationalbibliografie, detaillierte bibliografische Daten sind im Internet über dnb.dnb.de abrufbar.

TWENTYSIX – Der Self-Publishing-Verlag
Eine Kooperation zwischen der Verlagsgruppe Random House und BoD – Books on Demand

© 2016 Roland Gampp
Herstellung und Verlag:
BoD – Books on Demand
ISBN: 978-3-7407-1112-2
Lektor: TextCare Claudia Dickmann
Foto: Linda Bucklin

1. Auflage 2016

*Wir können uns nicht aussuchen, woher wir kommen,
aber wohin wir gehen, liegt in unseren Händen.*

Inhalt

Prolog   8

Kapitel 1
Samstag, 27. Juni 2015
Die undurchdringliche Dunkelheit   *10*
Die Oase   *22*
Der Beduine   *27*
Die Zeremonie   *43*

Kapitel 2
Mittwoch, 20. Mai 2015
San Francisco, USA   *51*
Ägypten, 550 Jahre vor Christus
Das Vermächtnis   *56*

Kapitel 3
Im Sudan, Nordostafrika 1968   *64*

Kapitel 4
Montag, 20. Juli 2015
Die Karawane   *78*
Alexandria, Ägypten   *92*

Kapitel 5
Mittwoch, 17. Juni 2015
Der letzte Auftrag   *101*
Oberlausitz, Deutsche Demokratische Republik 1983
Die Wurzeln   *109*

Kapitel 6
Anfang August 2015
Palermo, Italien   *122*
Jäger oder Gejagter   *136*
Die Verführung   *142*

Kapitel 7
Freitag, 14. August 2015
Zufluchtsort Wehr, Schwarzwald   *148*
Der Tote im Seerosenteich   *154*
Der Transmitter   *162*
Zwanziguhrnachrichten   *169*
Die Sackgasse   *176*
Hoffnung   *179*

Kapitel 8
Heiße Spur   *182*
Dunkle Schatten der Vergangenheit   *189*
Donnerstag, 17. September 2015
Ironie des Schicksals oder Erwachen   *200*

Epilog   203

Prolog

Der lauwarme Wind streichelt sanft über Jens' Gesicht und trägt den intensiven, salzigen Geruch des Meeres zu ihm herauf. Nur hin und wieder durchbrechen die Schreie streitender Möwen den monotonen Gesang der weiß schäumenden, sich an den Klippen brechenden Wellen. Dieses sich immer wiederholende und nie enden wollende Schauspiel der Natur hat ihn mit seiner meditativen Wirkung ein wenig schläfrig gemacht und konnte die Ereignisse der vergangenen Tage für kurze Zeit aus seinem Gedankenkarussell spülen.

So sitzt Jens nun im trockenen, halbhohen Gras in Sizilien, ungefähr eine Stunde von Palermo entfernt, an der senkrecht abfallenden, von Wind und Wetter zernagten Klippe und verfolgt gedankenlos den eleganten Flug eines mächtigen Storches. Mühelos gewinnt er mit jedem Kreis, den er majestätisch im gleichmäßigen Aufwind zieht, an Höhe. Bis Jens Jasper nur noch einen kleinen, fast unscheinbaren, dunklen Punkt ausmachen kann und dieser sich dann im unendlichen Blau des wolkenlosen Himmels auflöst.

Es ist inzwischen später Nachmittag und wie schon seit Jahrtausenden derselbe Ablauf: Die Dämmerung wird in Kürze langsam, aber stetig alles in sich einhüllen.

Mit dem schweren Rucksack und dem grünen, eingerollten Schlafsack darauf macht sich Jens auf die Suche nach einer Bleibe für die hereinbrechende Nacht.

Unter einer steil ansteigenden Felswand richtet er das Nachtlager ein und entzündet ein Lagerfeuer. Mit dem Rücken an der von der Sonne aufgewärmten Wand lehnend lässt er die vergangenen Wochen vor seinem geistigen Auge Revue passieren.

Die Geräusche, die an Jens' Ohr dringen, nimmt er nicht mehr wahr.

Ebenso wenig diese magisch wirkende Nacht, in der sich der Mond durch die Wolken schiebt und sein kaltes Licht auf dem sandigen Boden ausbreitet und durch die ausgewaschenen Felsstrukturen eigenartige Schattengestalten auf den Boden zeichnet.

Auch die sterbende Glut des Feuers knistert nur noch ein wenig und einzelne, dünne Rauchfäden wandern Richtung Sternenhimmel, erwehren sich der aufkommenden, rauen Kälte.

Kapitel 1

Samstag, 27. Juni 2015
Die undurchdringliche Dunkelheit

Irgendwo an der ägyptischen Küste, am Levantischen Meer, unweit von Alexandria, wachte Jens Jasper nachts auf. Zu jener Zeit wusste er natürlich nicht, wo er sich befand.

Noch lag Jens auf dem Rücken, beide Arme neben sich angespannt.

Als er allmählich zu sich kam und die Psyche aus dem Tod des Schlafes erwachte, wurden seine Atemzüge tiefer.

Zuallererst bewegten sich die Augen hinter den geschlossenen Lidern. Jens seufzte, streckte die Arme aus, rekelte und dehnte sich wie eine Katze. Ein wenig zähflüssiger Speichel lief über seine Mundwinkel, suchte sich den kürzesten Weg über den Hals, tropfte schlussendlich in langen, sämigen Fäden in den Sand.

Sekunden später hoben sich zuckend seine Augenlider, dann seufzte er noch einmal, atmete ganz tief durch und richtete sich auf.

Auf einmal, krampfartig, zuckte er zusammen. Auf seiner Stirn bildeten sich Falten, als sein Blick umherschweifte, er bekam einen Schock.

Jens Jasper starrte verständnislos in die Luft.

Alles kam ihm irgendwie seltsam vor. Er saß wie gelähmt mit nasser, am Körper klebender Kleidung im Sand. Die Sterne jedoch funkelten hell am Firmament, als wäre nichts geschehen.

Das Herz pochte und Schweißperlen bildeten sich auf seiner Stirn, obwohl ein kühler Wind vom Meer her wehte.

„Scheiße, wo bin ich ... warum liege ich hier? Habe ich gekifft? Bin ich zugedröhnt oder ist das nur ein böser Traum?", kam es wie von selbst über seine trockenen Lippen.

„Was immer ich gemacht oder genommen habe, es hat gewirkt!", war Jens' einhellige Schlussfolgerung.

Nein, es war nichts von alledem. Jens Jasper lag wirklich an einem ihm unbekannten Ort und er konnte sich im Moment keinen Reim darauf machen.

„Wer bin ich eigentlich?", war seine nächste Reaktion. Unverständnis.

Noch verschlafen und im Dämmerzustand wollte er sich wieder hinlegen und warten, bis dieser Traum zu Ende ging.

„Scheiße ... ich weiß nicht mal, wie ich heiße ... woher ich komme ... wer ich bin und ...?" In seinem Kopf schien alles ausgelöscht, irgendwie getilt zu sein.

Und dann saß er, zu allem Übel noch, irgendwie unbequem! Etwas drückte ihm unangenehm in den Rücken. Es machte ihn fuchsteufelswild, die Summe all dieser Vorkommnisse, auf die er im Moment keinen Einfluss ausüben konnte.

Da bemerkte Jens Jasper verdutzt, dass er einen Rucksack anhatte, den er sogleich auszog und neben sich in den Sand legte.

Unwillkürlich tastete und musterte Jens seinen ganzen Körper, um auf eventuelle Spuren eines Unfalls, auf Verletzungen zu stoßen.

Fehlanzeige!

Alles war an der rechten Stelle, da, wo es hingehörte, und unversehrt.

Nur er nicht, nein, er nicht!

Sein Kopf dröhnte von aufkommendem Kopfweh und Mund und Rachen waren ausgetrocknet und brannten.

Jens kramte im Rucksack, legte den Inhalt, der vor Nässe tropfte, fein säuberlich nebeneinander in den Sand. Es kamen alle notwendigen Reiseutensilien, die man beim Rucksacktourismus so mit sich herumträgt, zum Vorschein.

Angefangen beim Schlafsack und aufgehört bei der Zahnbürste, Messer, Feuerzeug und einer vollen Wasserflasche. Jens betrachtete benommen und ungläubig die Gegenstände, die auf dem Boden lagen – sein Blick blieb fest auf einer Sonnenbrille haften.

Jens Jasper durchforstete sein Gehirn bis in die letzte Windung, doch er konnte nicht feststellen, ob er diese Brille in seinem Leben je gesehen hatte.

Und wieder tauchten Fragen auf:

„Bin ich überfallen worden ...? Nein, sonst wäre ja alles weg!

Bin ich auf Tour, verbringe hier am Strand meine Ferien?

Bin ich beruflich unterwegs?

Was habe ich überhaupt für einen Beruf?

Bin ich eine coole Socke mit viel Selbstvertrauen oder bin ich ein Leisetreter oder gar introvertierter Typ?"

Nur Fragen über Fragen, aber keine plausiblen Antworten kamen zum Vorschein.

„Egal was geschehen ist, ich bin gesund, kann logisch denken und die weißen Flecken in meinem Gedächtnis werden sich mit der Zeit schon wieder mit Wissen füllen", beruhigte sich Jens und fiel zurück in einen tiefen, unruhigen Schlaf.

Sein zweites, seltsames Erwachen war nicht mehr ganz so mysteriös wie das erste.

Das rauschende, türkisgrüne Wasser, das mit jeder Welle einen dunklen Rand im weißen Sand hinterließ, weckte Jens am nächsten Morgen in aller Herrgottsfrühe.

Und auch diesmal musste er feststellen, dass dies kein Traum war. Er lag im feuchten Sand und die Dämmerung wurde durch die Sonne langsam abgelöst.

Das Riff weit draußen, wo perfekt geformte Wellen sekundenlang in der Luft standen und man ihre glatten, grünen Bäuche erkennen konnte, nahm er in dieser Situation nicht wahr, nein, er hatte keinen Bezug zu diesem Naturschauspiel.

Denn das gleiche Spiel wie am Vortag belegte seine Gedanken:

„Wer bin ich? Wer bin ich? Wer bin ich? Wer bin ich?"

Dieser einzige Satz trommelte, trommelte mit mechanischer Hartnäckigkeit immer und immer wieder in Jens' Gehirn herum. Es ist wie mit einem Stück Apfel, das zwischen den Zähnen hängen bleibt, man versucht es krampfhaft mit der Zunge zu entfernen, erfolglos. Danach sind die Finger dran, doch vergeblich. Man steigert sich immer mehr rein und man verzweifelt fast.

Seine schweren, oberflächlichen Atemzüge beruhigten sich nach und nach und er konnte endlich wieder einen klaren Gedanken fassen, der über die Bestätigung seiner verlorenen Identität hinausging.

„Ich kann klar denken, kann reden, kann Zusammenhänge erkennen und kombinieren, kenne viele Wörter. Doch irgendwie fühle ich mich verloren!", redete Jens beruhigend auf sich ein.

„Zuerst muss ich mal herausfinden, wo ich mich hier

befinde", sagte er abermals mit leiser Stimme zu sich selbst.

Schon allein der vertraute Klang seiner eigenen Stimme brachte ihm eine gewisse Entspannung.

Jens' Augen streiften umher, suchten die ganze Gegend ab, doch er konnte nichts Vertrautes, keine Menschenseele oder Siedlung erblicken. Das Einzige, was an eine Zivilisation erinnerte, war der rote Rettungsring, der von den Wellen hin und her gespült wurde.

Durst und Hunger meldeten sich und so machte sich Jens Jasper, nach einem wohltuenden Schluck aus der Wasserflasche, auf die Socken. Die Hoffnung, dass er auf etwas Essbares stoßen könnte, spornte ihn an, machte ihn munter.

Beim Gehen betrachtete er seine Hände. Sie waren braun gebrannt, schmal und feingliedrig. Doch er hatte nicht das Gefühl, dass er sie kannte. Er betastete sein Gesicht und stellte fest, dass er einen Dreitagebart trug. Die Haut am Halsansatz und rund um die Backenknochen fühlte sich sehr zart an. Jens befühlte Mund, Nase, Augenbrauen und zuletzt sein Haar. Es muss gewellt sein, dachte er.

Allem Anschein nach muss ich ein dunkler Typ sein, doch besonders auffallend ist meine schmale, nach unten gebogene Nase, grübelte er.

Er blickte an sich hinunter. Seine hellen Sportschuhe, seine verwaschenen Jeans waren immer noch ein wenig feucht, wie auch sein langärmeliges Shirt.

Schlagartig erfasste ihn von Neuem Panik, aber nur für einen kurzen Augenblick. Von einer eigenartigen Gelassenheit erfüllt, so als ginge ihn dies alles nichts an, durchschnitt er seine Angstphase und durchsuchte seine Hosentaschen. Sie waren leer!

Jens schob den Ärmel seines Shirts hoch und entdeckte eine Armbanduhr. Sie sieht wertvoll aus und scheint aus Gold zu sein, nahm er wahr. Auf der Rückseite des Ziffernblattes war der Name des Herstellers in feinen Buchstaben eingraviert.

„ITW-SWISS-Watches"

Doch dieser Name sagte ihm nichts, überhaupt nichts.

Beim Verschließen des Uhrarmbandes entdeckte er schwarz eintätowierte Nummern und Buchstaben auf der Innenseite seines linken, muskulösen Unterarms.

Er starrte darauf wie eine Schlange auf das gelähmte Opfer. Diese Nummern und Buchstaben ergaben für ihn ebenfalls keinen Sinn.

„p18s5j16e19a1r10", las er laut mit erstauntem Gesicht.

Nein, damit wusste er gar nichts anzufangen!

Jens Jasper kam sich verloren vor.

Er wusste, alles hat einen Anfang, eine Mitte und ein Ende. Doch wo befand er sich? Am Anfang, eventuell in der Mitte oder schon am Ende?

Die Sonne brannte erbarmungslos auf ihn nieder, Schweiß lief in Strömen den Rücken runter und das nass verschwitzte Hemd klebte lästig auf der Haut. Erschwerend kam hinzu, dass der Rucksack schon nach einiger Zeit auf Jens' Haut anfing zu scheuern und die offene Stelle wie Feuer brannte, wenn der beißende Schweiß darüberlief.

„Verdammte Scheiße!", schrie Jens laut und bemerkte

dabei, wie ihm vor lauter Wut das Blut in den Kopf stieg. Und wenn er sich in diesem Augenblick selbst hätte sehen können, dann wäre er sicherlich noch mehr ausgeflippt. Sein Kopf leuchtete krebsrot vor Zornesröte. Jens sehnte sich die Kühle des Morgengrauens, die blasse Stunde der Frische, als er aufgebrochen war, wieder herbei.

„Wumm" – Rucksack runter, und ausgelaugt mit dröhnendem Kopfschmerz ließ er sich im Schatten eines vertrockneten Strauchs wie ein nasser Sack auf den Boden plumpsen, verfluchte alles, die ganze Welt und insbesondere den schweren, scheuernden Rucksack.

In diesem Augenblick hätte er – für ein wenig innere Ruhe – dem lieben Gott alles versprochen, sogar für immer ein guter Mensch zu sein.

Alles war mit Staub bedeckt. Er lag überall auf seinem Körper. Auf dem Gesicht, in den Haaren, in den Augen. Einfach überall kroch dieses feine Scheißzeug rein, legte sich darauf. Der stetig wehende Wind sorgte ununterbrochen für Nachschub und seine roten Augen brannten wie Feuer.

„Irgendetwas Essbares muss sich doch in diesem bescheuerten, schweren Ding befinden!", stieß er wütend hervor und kramte sämtliche Fächer durch, mit einem Puls von weit über einhundertachtzig.

Plötzlich fiel Jens auf, dass der Boden des Rucksacks nicht mit der Fachtiefe übereinstimmte. Sie reichte nicht bis auf den Boden, sie endete schon vorher. Nervös schüttete er den ganzen Inhalt ins dürre Gras, leerte ebenfalls sämtliche Außenfächer. Siehe da! Wer sagt's denn. Der Rucksack hatte immer noch ein erstaunliches Gewicht, obwohl er augenscheinlich vollständig geleert war.

Dann, beim näheren Betrachten, entdeckte Jens auf

einmal den versteckten Reißverschluss. Er war geschickt unter einem etwas andersfarbigen, aufgenähten Band, das um den ganzen Rucksack herumlief, versteckt.

„Wow, bullshit! Wo kommt das denn her?", schrie Jens laut und voller Überraschung, als er den Reißverschluss geöffnet hatte.

Vor ihm auf dem Boden lagen massenhaft fein säuberlich gebündelte, in Plastik eingeschweißte, nagelneue Zweihundert- und Hunderteuroscheine.

„Meine Fresse, wie viel Geld mag das wohl sein? Wo kommt die ganze Kohle her?", sprudelte es aus ihm heraus, und seine Augen quollen fast aus ihren Höhlen, erhellten sich schlagartig bei diesem Anblick.

Durst und Hunger waren augenblicklich wie weggewischt und Jens Jasper konnte seinem inneren Drang nicht widerstehen. Er musste – ob er wollte oder nicht – seinem Instinkt folgen und die Kohle sofort zählen. Automatisch wurde ihm bewusst, mit Geld kann man auf dieser Welt viel bewegen und sich ein bequemes Leben machen. Sein Puls ließ das Herz auf Hochtouren schnellen, während er das Geld genüsslich durch die Finger laufen ließ. Wie für viele andere Menschen war auch für ihn Geld die beste Apotheke. Mit ihm können sie Zufriedenheit, Liebe und Gesundheit kaufen und es bedeutet auch Macht.

„Ich fasse es nicht! Das darf nicht wahr sein. Das sind über hunderttausend! Wem gehört die Knete ... und wenn sie mir gehört, wo habe ich die dann her? Hhm ... bin ich eventuell auf der Flucht?", fragte er sich fassungslos und ein wenig verdutzt, zögerlich.

„Scheiße!", schrie er laut. Doch die Worte verhallten

ungehört im Rauschen der Wellen.

„Schon ist wieder das unangenehme Fragen-Karussell bei mir am Wirken."

„Wer bin ich? Wer bin ich? Wer bin ich? Wer bin ich?"

Unangenehm aus dem Grund, weil Jens keine Antworten bereit hatte. Und in puren Spekulationen wollte er sich nicht mehr verlieren.

„Sie bringen mich nicht weiter, diese blöden Fragen", rief er sich zur Ordnung.

Ist ja auch egal:

Zuerst muss ich was zum Essen organisieren!

Danach müssen Fakten auf den Tisch. Aber das hat noch Zeit!

Die Landschaft wechselte zwischen Dornensavanne, Wüste und Steinen. Die ockerfarbene, manchmal ins rötlich wechselnde Ebene war gut überschaubar, denn bis auf ein paar Erhebungen – es waren kahle, steil aufragende, von Wind und Wetter ausgewaschene Felsen ohne jeglichen Bewuchs – versperrte Jens nichts die Sicht. Eine Weite, eine unendliche Weite, über die der Wind ungehindert flüsterte, und der Himmel ... der sagte nichts.

So marschierte er stundenlang in diesem subtropischen Klima, die Hitze zermürbte sein Gehirn und dürre, stachelige Sträucher zerkratzten seine Beine. So sehr er sich auch bemühte, es gab kein Entkommen aus diesem heimtückischen, menschenfeindlichen Gebiet. Jens versuchte immer in der Nähe des Strandes entlangzulaufen, doch das Klatschen und Donnern der Wellen hörte er längst nicht mehr.

Das Gehen wurde inzwischen mehr und mehr zum Automatismus, der durch seinen Überlebensinstinkt gesteuert wurde. Seine Beine, ja sein ganzer Körper waren längst taub und gehörten ihm nicht mehr – sie schienen Teil einer unerbittlichen Maschine zu sein, die darauf programmiert war, zu gehen, gehen, gehen ...

Am Abend, als die ganze Landschaft, die ein einziges Flimmern war, dessen übermächtige Gewalt von der trockenen Hitze und einem glühenden Wind noch verstärkt wurde, sich im zarten Rot vor ihm ausbreitete, dachte Jens Jasper niedergeschlagen und Todesfurcht ergriff ihn:

Jetzt hat meine letzte Stunde geschlagen.

Sein Herz ängstigte ihn im ganzen Körper und die Todesfurcht ergriff ihn.

Die Furcht ließ seine ganze Muskulatur zittern und das Grauen übermannte ihn mehr und mehr.

Seine Haut war durch die stechende Sonne völlig ausgetrocknet, die den gesamten Tag auf seinen Körper geknallt hatte, sie schien die ganze Feuchtigkeit aus seinem Leib gesaugt zu haben.

Seine Zunge klebte im trockenen Mund. Seine Worte waren nur noch ein Röcheln, das aus der schmerzenden Kehle drang.

Obwohl er mit dem Wasser sparsam umgegangen war, hatte er den ganzen Vorrat tagsüber schon verbraucht.

Er konnte einfach nicht mehr klar denken, war nicht mehr Herr seiner Gedanken.

Jens war sehr nahe daran, vom salzigen Meerwasser zu trinken.

Völlig abgekämpft und übermüdet auf dem Rücken liegend betrachtete er den klaren Himmel, an dem die Sterne hell funkelten.

„Wir alle sind das Ergebnis unserer Geschichte und die

meine kenne ich nicht! Ist das gut oder schlecht?", fragte er sich, während er mit verlorenem Blick in die Unendlichkeit des Universums schaute.

„Wahrscheinlich gibt es zwei Antworten", sagte er sich selbstsarkastisch mit einem aufgesetzten Lächeln:

„Zuerst die schlechte:
Ich habe die Bindung zu meiner Vergangenheit und somit einen Teil meines Selbst verloren.
Und jetzt die gute:
Die negative Last der Vergangenheit hat sich in nichts aufgelöst. Der alte Scheiß belastet mich nicht mehr."

„Wow, ich glaube, ich bin Philosoph. Woher soll ich denn sonst so komische Gedanken her haben?", sagte er mit belegter Stimme und einem rauen Lachen in dieser relativ hellen Nacht, während das Rauschen des Meeres seine Worte verschluckte.

„Hhm, könnte natürlich auch sein, dass ein Psychofuzzy mir das alles beigebracht hat", kam es noch lächelnd über seine ausgetrockneten Lippen, als er übergangslos einschlief.

Landeinwärts konnten Jens' Augen in weiter Ferne im Dunst des schönen Wetters Berge ausmachen. Zumindest stellte er sich dies vor, in dieser archaischen Landschaft, in der man die pure Urgewalt der Sonne spürte. Die Luft flimmerte vor Hitze, na ja, eventuell war es auch eine Luftspiegelung, eine Fata Morgana.

Nur der leicht wehende Wind erleichterte ihm das Ganze ein ganz klein wenig.

Er fühlte sich alleine und dachte: Der Sand, die

Sandkörner haben es gut, sie haben einander. Und ich ... ich bin alleine.

Seit dem frühen Morgen spulte er seine Kilometer stoisch ab und der beißende, quälende Durst war längst zurückgekehrt.

Jens spürte, wie der von Durst geplagte, ausgetrocknete Körper sich immer mehr zusammenzog, sich nach Ruhe sehnte, nach großer, sehr großer Ruhe.

Die abgeschliffenen, staubfeinen Sandkörner erschwerten zusätzlich seinen Gang und ein Großteil seiner Kraft versickerte bei jedem Schritt dabei in diesem Sand nutzlos.

Und er dachte öfters daran, sich einfach in die Falten einer Sanddüne zu legen, die Augen zu schließen und zu sterben. Er war sich bewusst, er würde es nicht merken, es würde ein kurzes Sterben werden, hier, wo der Horizont, der Himmel und die Weite unendlich zu sein schienen. Doch er durfte dem Zweifel an einem Überleben keine Macht einräumen, denn er wusste, dass er, der Zweifel, eine gebrechliche Brücke ist, die schnell, sehr schnell einstürzen kann.

Die Oase

Seine Glieder waren bleischwer. Der Hunger wühlte in seinen Eingeweiden und sein leerer Magen blökte wie eine alte, unzufriedene Ziege.

Müde, am Ende seiner Kräfte, wankte er doch Schritt für Schritt weiter. Mobilisierte immer wieder nach kurzen Pausen ein wenig Energie.

Jens Jasper wusste nicht, wie lange er so marschiert war und wie lange er es noch aushalten würde, als er urplötzlich in dieser dürren, staubtrockenen Steppe einen grünen Flecken landeinwärts entdeckte.

„Kneif mich", sagte er halblaut zu sich selbst, „eine Oase."

Trotz Durst, Müdigkeit und bleischweren Beine erhöhte Jens augenblicklich das Tempo. Die Hoffnung gab ihm erneuten Antrieb. Und wie von Zauberhand wurde mit jedem Schritt der grüne Fleck größer und größer und sein Blick klebte stark wie Pattex darauf.

Schon konnte Jens Palmen, deren Wedel sich im Wind schwankend bewegten, erkennen, daneben die 15 bis 20 Meter hohen Johannisbäume mit ihren halbkugelförmigen, ausladenden, saftig grünen Kronen sehen. Bis er schließlich die relativ kurzen Stämme mit ihrer braunen Borke und die gewundenen, nach oben verdrehten Äste gestochen scharf ausmachen konnte.

„Sie erinnern an Menschen, die ihre Arme flehend himmelwärts ausstrecken", dachte er laut, denn auch er hatte in den letzten Stunden die Arme mit hängender Zunge flehend gegen den Himmel gestreckt, um Wasser bittend.

Als Jens die Schatten spendenden Johannisbäume, Dattelpalmen und Maulbeerfeigen sah, unter denen vor der gleißenden Sonne geschützt Ziegen, Schafe und Kamele standen, hätte er vor lauter Freude laut jubeln können. Dieser Anblick schob seine Mundwinkel gerade nach oben und zauberte ihm ein Lächeln auf sein Gesicht.

Kläffende Hunde rannten Jens entgegen. Kleine, nackte braune Kinderfüße kamen angetippelt. Unschlüssig blieben sie mit einem scheuen Lächeln im Gesicht vor Jens stehen. Einige der kleinen Bengel hatten eine Rotznase und entzündete Augen. Allesamt mit typisch arabischen Baumwollgewändern bekleidet. Neugierig betrachteten sie ihn, Schutz suchend aneinandergedrängt, aus sicherem Abstand, schwatzten und kicherten miteinander. Kinder!

Ihre dunklen Augen strömten eine Herzenswärme und Freude aus, die sich ansteckend auf ihn übertrug. Jens spürte sofort, dieser Ort hat einen, seinen ganz besonderen Charme, und er wurde auf irgendeine besondere Weise von ihm angezogen.

Jens stand vor einem kleinen Teich, er brauchte sich nur etwas vorbeugen, um den schreienden Durst im frischen, klaren Wasser zu stillen.

Ein vollbärtiger, mittelgroßer alter Mann mit gütigen und weisen Augen, mit kurz geschorenem pechschwarzem Haar stand, aus dem Nichts kommend, unvermittelt vor Jens Jasper. Er hatte sich beim gierigen Trinken erschrocken, als er das verzerrte Spiegelbild des Einheimischen im Wasser erblickte, und sich blitzartig wieder aufgerichtet.

Trotz seines schweren, dunkelbraunen Leinengewandes und für Jens fremdartig wirkenden Aussehens, das durch die braune, runzelige, von der Sonne und dem

Wetter gegerbte Haut verstärkt wurde, machte er auf ihn einen vertrauenswürdigen, um nicht zu sagen beruhigenden Eindruck.

Er strahlte übers ganze Gesicht, die Falten vertieften sich zu Furchen, als er mit rauer Stimme sprach:

„Salem aleikum, ahlan wa sahlan."

„Ich kann Sie nicht verstehen, tut mir leid", erwiderte Jens unruhig, als der etwas ältere Mann aufgehört hatte, zu sprechen.

Daraufhin gestikulierte er mit den Händen, machte Jens klar, dass er ihm folgen solle.

Jens lief hinter ihm her, durch die fein säuberlich angelegten Dattelpalmen-, Maulbeerfeigen- und Johannisbaumplantagen, die alle mit einem Bewässerungskanal miteinander verbunden waren.

Das quietschende, nach Öl schreiende Metallwindrad bewegte die aus einfachen, aneinandergereihten, schaufelförmigen Aluminiumblechen gefertigte Wasserpumpe.

Wie wunderschön die Natur hier ist und wie grausam sie gleichzeitig auch sein kann, dachte Jens, als er Kamele, Esel, Ziegen und Schafe genüsslich auf dem saftig grünen Boden weiden sah.

Männer und die älteren Kinder arbeiteten auf den Plantagen. Sie schauten nur kurz zu ihm mit einen Lächeln oder Nicken auf, unterbrachen ihre Arbeit jedoch nicht. Jede ihrer Bewegung war natürlich und harmonisch. Es schien ihm als, wären sie eins mit dem, was sie tun. Die Ruhe und Gelassenheit, auch das Arbeitstempo, wirkte meditativ und unbekannt. Die Einfachheit ist ihre Größe.

In der späten goldenen Nachmittagssonne lagen auf der einen Seite der Oase einfache Lehmhäuser mit flachen Dächern in Reih und Glied, die fast vollkommen mit ihrer sandfarbenen Umgebung verschmolzen. Sie waren so eng aneinandergebaut, als suchten sie gegenseitigen Schutz. Die Zwischenräume zu dem jeweils benachbarten Haus waren mit einer Steinmauer ausgefüllt, sodass ein geschlossener Schutzwall entstand und ebenfalls die Hitze aus den Häusern fernhielt und es immer angenehm kühl in ihnen war. Das Dorf strahlte etwas Echtes, Verwurzeltes aus, wie seine Bewohner, und passte sich durch die Verwendung von Baumaterialien aus der Umgebung dieser natürlich an.

Alles ist sauber, und peinliche Reinlichkeit verströmte die ganze Oase. Ständig waren Frauen und Kinder mit Palmwedeln bewaffnet dabei, den Boden und die Häuser sauber zu fegen. Später würde Jens erfahren, dass das Festhalten an einer inneren und äußeren Sauberkeit bei ihnen tiefe religiöse Wurzeln hat.

Zur Wüste hin bildete eine halbmondförmige Mauer sowie ein aufgeschütteter Wall – sicherlich zum Schutz vor Sandstürmen und Wanderdünen – die Begrenzung.

Jens' Blick schweifte über den großen, verträumten Teich, der im Zentrum der Oase mit vielen Einbuchtungen und üppigen Wasserpflanzen lag und dessen Uferzonen von einem sattgrünen Rasen gesäumt wurde. Kein weiches, dünnes Gras, eher hart und widerspenstig. Dahinter ruhte ein schon in die Tage gekommenes, palastähnliches Haus. Mit seinem gewölbten Torweg, den breiten Galerien um das Gebäude, dem Springbrunnen im Hof, den blühenden Orangen- und Granatbäumen, mit marmornen Vasen, die mit auserwählten tropischen Blumen gefüllt waren, erinnerte es an ein Märchenparadies. Der Palast mit seinen wundervollen Säulen, mit seinen Figuren, dem geschmückten Giebel und seinen immer noch glänzenden Marmortreppen schien jedoch schon seit langer Zeit nicht mehr bewohnt zu sein. Obwohl die Anlage sehr gepflegt wirkte, hatten sich auf den Dächern schon etliche Pflanzen angesiedelt. Es schien ein Relikt aus längst vergangener und prunkvoller Zeit zu sein.

Unweit von diesem anmutigen Gebäude, im Schatten tropischer Bäume, hielten sich einige ältere Männer auf. Sie saßen mit ihren scharf geschnittenen Gesichtszügen gedankenverloren auf einfach gezimmerten Bänken und beugten sich über ein Brettspiel. Ihrer Mimik war zu entnehmen, dass sie Spaß daran hatten, sie redeten nicht allzu viel. Auf den Tischen standen filigrane Teekannen aus Messing mit dünnen, gebogenen Hälsen. Hin und wieder nippte einer der Alten genüsslich aus den kleinen Bechern. Als sie den Neuankömmling entdeckten, lächelten sie ihn an und tauschten ein paar Worte untereinander aus.

Der Alte, der ihn hergeführt hatte, deutete ihm an, dass er ebenfalls Platz nehmen und warten sollte.

Sie schoben Jens einen Becher hin und gossen mit einer gleichmäßig rotierenden Aufwärts- und Abwärtsbewegung – mit lautem, plätscherndem Geräusch – Tee ein. Er nippte vorsichtig am Becher. Der gelbliche, warme Tee breitete augenblicklich sein zartes Minze-Aroma in seiner Mundhöhle aus. Er war erfrischend und weckte seine Lebensgeister, zauberte ihm ein zufriedenes Grinsen ins Gesicht. Er schmeckte fantastisch nach den ertragenen Strapazen.

Einer der Alten, mit runzliger Lederhaut, stand schwatzend und gestikulierend auf, verschwand in einem der einfachen Lehmhäuser und kam nach kurzer Zeit mit Fladenbrot in der Hand zurück, legte es selbstzufrieden vor Jens hin auf den Tisch. Jens war es unmöglich, sich zurückzuhalten, ohne Umschweife griff er hastig zu. Sein Heißhunger war inzwischen wieder zurückgekehrt und hatte sich mit mehrfachem, lang anhaltendem Knurren in der Magengegend laut bemerkbar gemacht, das den Anwesenden nicht entgangen war und das sie mit einem versteckten Grinsen kommentierten. Die Alten kicherten, als sie sahen, wie Jens das ganze Brot gierig, ohne richtig zu kauen, hinunterschlang.

Der Beduine

Auf einmal herrschte absolute Stille. Alle verharrten für einen kurzen Augenblick, es waren nur die im Saharawind wiegenden Palmwedel und das quietschende Windrad zu hören.

Ein Mann, er war schätzungsweise in Jens' Alter, mit leicht gebogener Nase und fliehender, königlich anmutender Stirn, war plötzlich aufgetaucht, schaute Jens an, und der war wie benommen von seiner aufrechten, würdevollen Erscheinung und seinem edlen Gesicht.

„Salem aleikum, ahlan wa Sahlan", sagte er lächelnd mit einer Verbeugung und kreisender Handbewegung.

Das Ganze, umsäumt durch sein leicht fallendes, türkisfarbenes Gewand, vermittelte etwas Majestätisches.

Während Jens diesen Mann ansah, kam für einen kurzen Augenblick ein unterschwelliges, kaum merkliches Etwas in ihm auf. Einordnen konnte er es nicht, es war ein Gefühl, eine Sympathie, das ebenfalls durch eine Art Geborgenheit gespeist wurde.

„Es tut mir leid, aber ich kann Sie nicht verstehen! Ich spreche Ihre Sprache leider nicht", erwiderte Jens ein wenig genervt, doch es war nicht die sprachliche Barriere, es war das Gefühl, das er nicht einzuordnen wusste.

„Sind Sie Deutscher?", fragte der Fremde ihn daraufhin. Jens blieb in diesem Moment fast das Herz stehen. Er sprach seine Sprache, er konnte ihn verstehen.

„Ja, äähhhm ... nein, äähhm ... besser gesagt, ich weiß das nicht so genau. Um ehrlich zu sein, ich weiß gar nichts darüber!", brach es wie ein Wasserfall aus Jens heraus, den Tränen nah. Ob aus Wut oder Erleichterung, wusste er selbst nicht.

„Das verstehe ich nicht. Sie müssen doch wissen, was für eine Nationalität Sie besitzen!"

„Das ist es ja eben. Ich weiß nichts, gar nichts über mich", erwiderte Jens Jasper hastig wie ein Erstklässler, der seiner Lehrerin zeigen will wie ...

„Ich bin vor ein paar Tagen nackt ...", und erzählte ihm, es gab ja nicht viel zu erzählen, seine kurze Geschichte.

„Das ist ja höchst interessant", bemerkte der Fremde, als Jens geendet hatte.

„Der Sprache nach sind Sie Deutscher, denn Sie sprechen ohne jeglichen Akzent.

Sorry, ich habe mich noch gar nicht vorgestellt. Mein

Name ist *Abdalla Asrar El Emam El Archid*", fügte er lächelnd hinzu und unterstützte dies mit einer ausholenden, erhabenen Handbewegung.

„Kann schon sein. Ich weiß es einfach nicht. Alles, meine ganze Vergangenheit ist ausgelöscht, weggewischt, futsch. Das ist ein saublödes Gefühl, kann ich Ihnen sagen. Woher können Sie denn so gut Deutsch?", fragte Jens neugierig und war froh, verstanden zu werden. Das Gespräch gab ihm irgendwie ein gutes Gefühl, es war etwas Vertrautes, zumindest empfand er es im Moment so.

„Ich habe in Deutschland Chemie und Physik studiert", gab er zur Antwort.

„Aber am besten fange ich ganz von vorne an. Gehen wir doch zu meiner Behausung, wo wir uns ungestört unterhalten und zusammen Tee trinken können." Jens folgte ihm. Sie liefen um die Lehmhäuser herum und standen plötzlich vor einem Zelt.

„Na ja, ob dies noch als Zelt betitelt werden kann?", dachte Jens.

Es hatte riesige Ausmaße. Der Eingang des schwarzen Zeltes war durch eine Plane, auf den beiden äußeren Ecken mit einem Aluminiumgestänge abgespannt, einer Art Sonnensegel, überdacht und schützte vor der sengenden afrikanischen Sonne. Ein Tisch mit ein paar Sitzgelegenheiten, es waren gut gepolsterte Campingstühle, standen darunter im Schatten. Gleichzeitig, als Abdalla Jens aufforderte, Platz zu nehmen, erschien aus dem Innern des Zeltes eine Frau.

„Salem aleikum", begrüßte die wunderschöne, exotisch aussehende junge Frau Jens.

Ihre schneeweißen Zähne leuchteten wie Sterne am Nachthimmel, als sie ihren Mund mit den breiten, wulstigen Lippen öffnete. Um ihren Kopf schlang sich ein farbenprächtiges Tuch, das ihre etwas dunkle Hautfarbe und die fast schwarzen Augen noch mehr, noch stärker hervorhoben.

Abdalla wechselte kurz ein paar Worte mit ihr.

„Das ist Iesha, meine Frau", stellte er sie ihm vor. Sie lächelte Jens mit einer kleinen Verbeugung und ihrer unwiderstehlichen Aura an, erwiderte seinen Blick ein wenig scheu, jedoch ohne mit der Wimper zu zucken, und verschwand ebenso schnell, wie sie aufgetaucht war, im Innern des schwarzen Zeltes, dessen Wände wertvolle, orientalische Teppiche zierten. Durch die rote Grundfarbe hoben sich die verschiedenen geschwungenen, andersfarbigen, in Gold, Blau und Weiß gehaltenen Ornamente stark ab.

„Also, wo war ich stehen geblieben? Ach ja, ich wollte Ihnen erzählen, warum ich Ihre Sprache spreche", sagte er zu Jens, als sie sich am Tisch gegenübersaßen.

„Ich bin als Erstgeborener des Stammesführers El Archid zur Welt gekommen. Sein vollständiger Name ist eigentlich Asrar El Archid El Emam. Wir sind Beduinen!", führte er seine Erzählung fort. „Besser gesagt, waren Beduinen", fügte er nach einer kleinen Pause hinzu.

„In welchem Land sind wir denn hier?", unterbrach ihn Jens abrupt.

„Ägypten, diese Oase hier liegt ein paar Tagesreisen von Alexandria entfernt", antwortete er mit einem zutraulichen Lächeln. In Jens kam das seltsame Gefühl der Vertrautheit wieder auf.

„Tut mir leid, dass ich Sie unterbrochen habe."

„Ma fish mushkilu", gab er mit seiner kehlig tönenden Stimme besänftigend zurück.

„Alles kein Problem", übersetzte er ergänzend und fuhr

mit seiner Geschichte fort.

„Wie gesagt, ich bin hier in Ägypten geboren und als kleiner Junge manchmal mit meinem Vater, wie früher die Beduinen, durch die Wüste gezogen. Mein Vater wollte das so. Ich sollte wissen, wie meine Vorfahren gelebt hatten. Das Reich der Beduinen war früher die Wüste, doch auch die Nomaden sind inzwischen leider sesshaft geworden.

,Abdalla, wenn du einmal erwachsen bist, dann würdest du Gott und mir eine große Freude bereiten, wenn du dich gegen diese übertriebene Erdölförderung, diese sinnlose Umweltverschmutzung einsetzt', habe ich schon in früher Kindheit sehr oft aus seinem Munde gehört, und er fügte meist noch hinzu: ,Die meisten Menschen sehen immer nur die Oberfläche und ich wünsche mir, dass du einmal den Kern der Dinge sehen und spüren wirst.'

Früher, da konnten unsere Vorfahren ungehindert durch die Wüsten Afrikas reisen. Da war die Landschaft noch nicht mit hässlichen Öltürmen übersät, es gab keine Barrieren und die Erde war nicht mit Ölprodukten verschmutzt", er starrte auf die Weite der Sahara und legte eine lange Pause ein, bis er weitersprach.

„ ,Es wurden auch keine sinnlosen Kriege wegen des schwarzen Goldes, der Profitgier geführt', dann machte mein Vater eine Pause, schaute mir intensiv in die Augen und sagte:

,Abdalla, und das Allerschlimmste dabei ist, WIR, das Volk, haben nichts davon. Das Geld fließt in dunkle Kanäle und wird von wenigen gehortet und sinnlos verprasst.' Mein Vater sprach es immer mit einer Inbrunst, einer innigen Überzeugung, man spürte, dass die Worte seinem Herzen entsprangen.

Als ich neun oder zehn Jahre alt war, schickte er mich nach Kairo zur Schule. Er wollte einen aufgeklärten, gebildeten und weltgewandten Sohn aus mir machen, der sich für die Natur, die Umwelt einsetzte. Er war ein harter und unerbittlicher Gegner, wenn es um die Ausbeutung der Natur, aber auch der Menschen ging."

„ ‚Nur gut gebildete Menschen können hier was verändern!', war einer seiner Standardsprüche. ‚Aber daran ist unsere Regierung nicht so sehr interessiert', kam dann noch als Zusatz von ihm hinterher.
Ja, und dann begann für mich ein neues Kapitel.
Kairo war eine andere Welt, in die ich plötzlich hineinkatapultiert wurde und die Schulbank drücken musste. Raus aus der Natur, rein in eine nervöse, kreischende und rund um die Uhr pulsierende Stadt. Riesige Minaretts, Kaufhäuser, Händler und vor allem der stinkende, lärmende Verkehr.
Die ersten paar Jahre waren überaus hart für mich und ich kam ausschließlich nur noch in den Ferien nach Hause." Abdalla schob eine Pause ein, kratzte sich gedankenverloren am Kopf und erzählte weiter.
„Das freie, wilde Leben hier in und mit der Natur hatte mir sehr gefehlt, doch mein Vater bestand darauf, dass ich nach der Schule studierte. Ich entschied mich für Chemie und Physik, denn ich wollte schon immer irgendetwas finden, das uns Menschen nicht mehr so sehr vom Öl abhängig machen würde."

Inzwischen war seine Frau Iesha wieder aufgetaucht und stellte eine dampfende Teekanne, dieselbe Ausführung, wie Jens sie bei den Alten gesehen hatte, mit zwei Tontassen vor die beiden Männer auf den Tisch und goss wortlos und mit strahlendem Gesicht mit der eleganten Auf- und Abwärtsbewegung den heißen Tee gekonnt in die Tassen.

„Nach einigen Semestern Studium in Alexandria kratzte mein Vater das ganze Geld zusammen, borgte sich auch welches bei seinen Verwandten, damit ich im Ausland weiterstudieren konnte. So flog ich dann nach Heidelberg und beendete dort mein Chemie- und Physikstudium."

Während er so erzählte, hatte Jens das Gefühl, dass Abdalla diese Zeit noch mal durchlebte.

„Hoffentlich langweile ich Sie nicht mit diesen alten Geschichten?", fragte er plötzlich.

„Nein, ganz und gar nicht, erzählen Sie bitte weiter. Das Ganze ist sehr interessant", gab Jens ihm zu verstehen und starrte gespannt in die dunklen Augen des Redners.

„Wo war ich stehen geblieben? Ach ja, als ich mein Studium beendet hatte, bewarb ich mich beim Max-Planck-Institut und wurde auch prompt eingestellt." Jens bemerkte, dass er dies mit einem gewissen Stolz äußerte, und der Glanz in seinen Augen verstärkte diese Annahme, verriet es ebenso.

„Drei Jahre lang wohnte ich in München … München ist eine wunderbare Stadt und ich genoss den Luxus einer Großstadt. Das Schöne daran war, mein Gehalt erlaubte es mir, aus dem Vollen zu leben:

Dicke Autos, tolle Frauen, Partys bis zum Abwinken und und und …", sagte er laut lachend mit einem abwesenden Blick und zuckte mit den Schultern, als wolle er damit Verständnis von Jens erhaschen.

„Eines Tages kam mein Chef und meinte, ich habe das

Zeug, die ganz große Karriere zu machen. Er hatte eine Anfrage von einer der mächtigsten Biotechfirmen aus den USA bekommen. Diese suchten einen Naturwissenschaftler, der auf demselben Gebiet forschte wie ich."

„ ‚Wenn Sie wollen, dann können Sie schon nächste Woche nach Kalifornien fliegen und dort als Projektmanager einsteigen. Das Forschungsprojekt über die Gewinnung und Nutzung von Wasserstoff oder alternativen Energien für die Nutzung von Verkehrsmitteln ist genau auf Sie zugeschnitten. Das ist es doch, von was Sie schon immer geträumt haben. Oder nicht?

Ich hoffe, Sie vergeben mir, denn ich habe Ihre Dissertation an die Leitung unserer Tochtergesellschaft in den USA gesandt, und die waren über Ihre Ausführungen mehr als erstaunt', eröffnete mir mein Chef."

„Und so fand ich mich dann auch schon eine Woche später in Kalifornien, um genau zu sein im Silicon Valley."

Abdallas Erzählung war so lebendig und bildhaft, dass Jens in seine Welt abtauchen konnte. Zeit und Raum verloren sich um ihn herum.

Abdalla, als Verantwortlicher für die Entwicklung neuer alternativer Energien, surfte in atemberaubender Geschwindigkeit die Erfolgsleiter nach oben – ebenso schnell seine erfolgsabhängigen Sonderzahlungen.

Ausschweifendes Leben, die Macht des Erfolges hatte ihn gepackt und wie einen Drogensüchtigen infiziert, nach mehr, mehr und noch mehr.

„Erfolg ist das Öl, mit dem das Getriebe der Sucht nach immer mehr in Gang gebracht wird", war Abdallas selbstkritischer Kommentar.

Bis dann eines Tages der leitende Geschäftsführer, der

für seine Forschungsgruppe zuständig war und ihn in allen Belangen immer unterstützt hatte, ohne jeglichen erkennbaren Grund erschossen wurde. Die Folgen waren fatal. Das Projekt, das kurz vor dem erfolgreichen Abschluss stand, wurde gestoppt.

„Es berührte mich stark, sehr stark, denn mein Chef und ich hatten inzwischen ein inniges freundschaftliches Verhältnis. Es folgte unwillkürlich mein Absturz auf dem Fuße. Noch schlimmer war die Sinnfrage für mich. Sie tauchte wie aus dem Nichts augenblicklich und unerwartet auf, da erinnerte ich mich daran, was mein Vater mir einst sagte:

Das Ende des Lebens ist nicht der Tod, sondern ohne sinnhaftes Ziel zu sein.

„Plötzlich wurde mir klar", er legte ein Sprechpause ein und redete dann mit etwas gedämpfter und belegter Stimme weiter, „dass ich meine Familie schon seit Jahren nicht mehr gesehen hatte. Ich erinnerte mich an das unbeschwerte Leben, tief verwurzelt mit der Natur als Beduine. Ich packte noch am selben Tag den Koffer und flog nach Hause. Nach Hause, nach Ägypten zu meinen Eltern, meinen Geschwistern." Jens konnte seine wässrigen Augen, seine weinerliche Stimme, ja seine ganze Sehnsucht spüren bei diesen Ausführungen.

Jens hatte das Zeitgefühl verloren. Er wusste nicht, wie viel Zeit vergangen war, sicherlich waren es ein paar Stunden, als Abdalla zum Ende seiner Erzählungen kam.

Iesha, seine Frau, erschien in diesem Moment und sprach kurz mit ihm.

„Meine Frau hat uns etwas zum Essen hergerichtet und

möchte auftischen", erläuterte Abdalla, während er seinen Kopf zu Jens hindrehte und ihn mit seinen großen, dunklen Augen anschaute, die immer noch feucht waren.

„Danke, doch sehr viel kann ich nicht mehr essen! Das Fladenbrot vorhin war sehr sättigend", erwiderte Jens. Er wollte höflich sein, doch in Wirklichkeit plagte ihn immer noch ein ungestilltes Hungergefühl.

„Das hier ist Aish Balady, so nennen wir Ägypter das Brot. In Ägypten zählt es zu den Grundnahrungsmitteln und wird zu jeder Mahlzeit serviert", erklärte Abdalla, als alles angerichtet auf dem Tisch stand. Er erklärte Jens, dass sie kein Besteck verwenden, also mit der Hand essen und das Brot tunken.

Jens genoss das Cous-Cous aus gedämpfter Hirse mit Gemüse und Kichererbsen. Auch von der Tahina, eine Paste aus Sesamkörnern, nahm er reichlich. Sie aßen langsam und genüsslich, machten zwischendurch immer wieder lange Pausen zum Unterhalten, während sie sich ein Stück Fladenbrot mit Olivenöl beträufelten.

„Dieser Tee ist einfach fantastisch. Sein Aroma ist überwältigend", bekannte Jens, nachdem er schon die dritte Tasse getrunken hatte.

„Das ist gesüßter schwarzer Tee mit Nelken. Wir Beduinen trinken ihn sehr gerne."

Jens erfuhr ebenfalls, dass Abdalla und seine Frau sich hauptsächlich vegetarisch ernährten, wenn sie sich hier in der Oase aufhielten. Wenn sie unterwegs waren, dann aßen sie, wie es bei den Beduinen üblich ist, was das Tier dem Menschen bietet.

Nach dem Essen tauchte Iesha mit einer Shisha, einer Wasserpfeife, auf und stellte die etwa fünfzig Zentimeter hohe Shisha auf den Tisch. Es war eine sehr orientalisch aussehende Wasserpfeife aus Messing und türkis-blauem Glas. Auf den Seiten schlangen sich zwei Schläuche, an denen Mundstücke befestigt waren, herunter.

„Meine Frau Iesha hat die Shisha – wir in Ägypten nennen sie Djauza – schon für uns vorbereitet", sagte er und redete in unverändertem Tonfall weiter.

„Ich rauche sie nur zu besonderen Gelegenheiten. Schon mal eine Wasserpfeife geraucht?", fragte er Jens, während er die Kohle im Kopf der Pfeife entzündete.

„Sorry, dumme Frage! Sie können gerne mitrauchen", fügte er hinzu.

„Ja danke, habe aber keinen blassen Schimmer, wie man so ein Ding raucht!"

„Ganz einfach: Den Schlauch hier in die Hand nehmen und am Mundstück ziehen", erklärte Abdalla und demonstrierte es.

Jens nahm den Schlauch in die Hand und sog am Mundstück. Er sog den kalten Rauch tief ein, bis in die letzten Windungen seiner Lungenflügel.

„Ooouuhhhtsch! Das kratzt und zwickt ja fürchterlich", kommentierte Jens nach einem plötzlichen Hustenanfall, der nicht enden wollte, sein ganzer Körper schüttelte und bebte wie bei einem starken Erdbeben.

„Es tut mir leid, aber ich glaube, das ist nicht meine Sache. Der Geschmack ist so, hhm, wie soll ich sagen, unangenehm für mich, und dazu noch das Kratzen im Hals", setzte er nach und hustete nochmals kräftig.

„So geht es fast allen Newcomern. Man muss sich erst langsam daran gewöhnen. Ich persönlich rauche nur noch den puren Tabak, eben nach alter Tradition. Und finde es sehr schade, dass heutzutage die Masse der Raucher

Tabak mit künstlichen Aromen versetzt konsumiert. Dadurch bekommt er eine weichere Note und das unangenehme Kratzen im Hals fällt auch weg. Inzwischen ist es aber schwierig, den naturreinen Zaghoul, so wird der seit 1913 in Ägypten produzierte Tabak genannt, zu bekommen. Die ganze Welt will nur noch Orangen, Minze, Vanille oder weiß Gott was für eine Geschmacksrichtung. Ich liebe es, die alten Traditionen zu pflegen, und das fängt für mich beim Nahkla Siska, dem Tabak, an", erläuterte Abdalla ihm mit einem hämischen Grinsen im Gesicht. Wahrscheinlich erinnerte er sich daran, wie er bei seinen ersten␍Räuchererfahrungen als kleiner Junge, ebenfalls mit so einem nimmer enden wollenden Hustenanfall, seine unangenehmen Erfahrungen gemacht hatte.

„Aber vielleicht ist es auch gut so, wenn Sie nicht rauchen. Mein Vater sagte schon immer:

Rauchen verlängert nicht das Leben. Rauchen beschleunigt den Tod, versüßt aber das Leben.

Ja, denn meine Mutter schimpfte immer mit ihm, wenn er mich als kleiner Junge manchmal an der Shisha ziehen ließ."

Inzwischen war es später Nachmittag und die Sonne ging langsam unter, die Schatten der Palmen wurden immer länger und das letzte Abendrot färbte die Gipfel der weit entfernten Berge ein.

„Gehen wir noch ein paar Schritte zur Verdauung?", fragte Abdalla Jens, und sie durchschritten die grüne Oase. Die Geschäftigkeit auf den Feldern wich der Ruhe.

„Essen bedeutet nicht nur Genuss, sondern auch Verantwortung für Flora und Fauna. Das vergessen wir Menschen leider allzu oft", äußerte Abdalla mit einem nachdenklichen Gesicht, als er seine Blicke über die erntereifen Plantagen gleiten ließ.

„Wie schon gesagt leben heute die Beduinen fast ausschließlich vom Tourismus hier in Ägypten. Das Wort Beduine kommt aus dem arabischen und bedeutet *nicht sesshaft*.

Früher zogen unsere Vorfahren von Oase zu Oase, durchstreiften die Wüsten abhängig von den saisonal nutzbaren Wasserstellen und lebten vom Handel mit Rindvieh und Kamelzucht. Die Lebensart hat sich verändert, nur der Name ist geblieben.

Es gibt nur noch wenige, die nicht mehr wie früher von der Rinderzucht und Kamelzucht leben, sondern von der Schaf- und Ziegenzucht. Ja, der Lebensraum hat sich somit leider ebenfalls verändert und ist dadurch auch kleiner, sehr viel kleiner geworden. Schauen Sie sich doch um, wie begrenzt alles ist!

Wir sind ringsherum von Sand umgeben. Die Menschen, die hier leben, bestreiten ihren Lebensunterhalt mit Anbau von Plantagen, Schaf- und Kamelzucht.

Das ist mir auf die Dauer zu eng. Ich brauche die Weite, das freie Leben, deshalb bin ich auch mindestens sechs Monate im Jahr unterwegs. Ich wäre gerne das ganze Jahr hindurch unterwegs. Doch die Bewohner haben mich als ihren Anführer gewählt und so habe ich, wie schon mein Vater, das Vergnügen damit", ergänzte er mit einem hämischen Grinsen im Gesicht. Und Jens verstand, dass er auf dieses Amt stolz war.

„Sie müssen verstehen, das Stammeswesen ist eng verknüpft mit ihrem Stamm und wird ausschließlich von einem Patriarchen oder einem Scheich geführt.

Der auch als Richter Vermählungen durchführt und als Führer uneingeschränkt anerkannt ist, und zwar in allen

Belangen. Manche Dynastien von Patriarchen gehen bis zu Tausenden von Jahren zurück."

„Ich verstehe nur nicht, warum Sie sich dafür aufopfern, wenn Sie doch lieber unabhängig sein wollen?", fragte Jens.

„Hahaha, ja, manchmal verstehe ich mich selbst nicht", lachte er laut heraus.

„Nein ... Spaß beiseite. Man muss in das System hineingeboren sein, um es richtig zu verstehen. Hier geht es nicht um Macht und Anerkennung. Es geht vielmehr um die Bewahrung des Systems. Die Leute brauchen ein festes, gewohntes System, dem sie sich unterordnen oder besser gesagt dem sie vertrauen können. Diese festen Strukturen nehmen ihnen viel Verantwortung und Unsicherheit ab und das ist heute in unserer schnelllebigen Zeit mehr denn je wichtig."

„Abdalla, ich bin todmüde. Ich muss unbedingt schlafen", unterbrach ihn Jens, der seine Augen kaum noch offen halten konnte, und fügte hinzu: „Ich hoffe, Sie sind mir deswegen nicht böse?"

Sie kehrten zurück zum Zelt und betraten den ausladenden Innenraum. Jens sah zu Boden. Teppiche lagen auf dem Sand. Wertvolle, feine, blaurote, handgeknüpfte Teppiche. An einem dünnen Seil hing eine handgeschmiedete, kupferne Lampe.

Durch das leicht verrußte Glas konnte Jens den brennenden Docht und die darüber tanzende Flamme beobachten. Der Lichtschein erfüllte das ganze Zelt mit einem warmen Licht und er legte sich auf den weichen, bunt verzierten Bodenbelag. Sein Schlafbereich wurde nur durch ein herabhängendes, mit Ornamenten besticktes Tuch abgetrennt.

Keine zwei Minuten später war Jens auch schon im

Land der süßen Träume angekommen.

Die folgenden Tage rieselten schnell und unaufhaltsam wie Sandkörner durch die Hand. Jens' Körper erholte sich rasch und er durfte die Sitten und Gebräuche der Wüstenbewohner, aber auch sich selbst etwas näher kennenlernen.
Gemüse, Korn und Früchte gediehen reichlich auf den bewässerten Feldern, und zwar das ganze Jahr hindurch.
Wann immer Jens an einem der Häuser vorbeikam, wurde er von den Bewohnern mit spontaner Herzlichkeit zur Rast eingeladen und mit den im Überfluss vorhandenen Nahrungsmitteln überhäuft. Er stellte auch fest, dass die Menschen hier immer genügend Zeit hatten zum Plaudern.
„Hier redet niemand von Selbstentfaltung und Selbstbestimmung, so wie es in der westlichen Welt gang und gäbe ist. Doch im Gegensatz zu ihr ist das Besitzergreifen der Gedanken- und Vorstellungswelt anderer Menschen hier fremd", erklärte ihm Abdalla. Auch durfte Jens erfahren, dass es durch das herrschende Polygamie-System zu keinen sexuellen Übergriffen kommt, denn es hat bei diesem System niemand nötig und auch nicht das Verlangen danach, außer eine Frau provoziert es sichtbar.

Sein Gedächtnis war immer noch löchrig wie Schweizer Käse, er erinnerte sich an nichts. Er konnte auch noch so intensiv seine Gehirnwindungen durchkämmen und durchforsten, doch in der Abteilung Vergangenheit gab es in dieser Sache keine Ablage. Nicht das Geringste war aufzuspüren, ja, hier klaffte eine riesige Lücke.

Jens saß oft alleine am idyllischen, türkisfarbenen See, der umgeben vom trockenen Schilfrohr friedlich mitten in der Oase lag. Wenn das trockene Schilf leicht im Wind tanzte und sich aneinanderrieb, war er für kurze Zeit von den quälenden Gedächtnislücken befreit, die immer und immer wieder dieselben Fragen erzeugten.

Das Beobachten der sonnenbadenden Eidechsen und aufgeschreckten Skorpione beruhigten sein Gemüt, ebenso wie der allabendliche Duft von Jasmin und Rosen in seiner Nase die Sinne betörte.

Bis die rinnenden Stunden, die Schatten der Nacht ihn direkt umringten, wenn die Sterne aufleuchteten, die Düfte der Dunkelheit ihn umströmten, lauschte er dem dumpfen Klopfen seines Herzens, das in den Ohren wie ein gedämpfter Paukenschlag dröhnte. Dann vermischte er sich ganz mit den Säften der Stille, der Einöde und ihn überkam ein Gefühl, als wuchsen Wurzeln aus seinem Herzen, die tief in das sandige Erdreich drangen; um sich danach wie eine Nachteule auf den Schwingen der Nacht zu erheben und in das wogende Meer der Ewigkeit einzutauchen.

Ja, so saß Jens oft alleine des Nachts da, bis die letzte Faser seines feinsten Nervs ihn mit hinreißendem Glück durchdrang und er vollkommen mit der Einsamkeit verschmolz. Nur ein fallender Stern konnte ihn dann aus dieser meditativen Lage reißen; doch die Schnuppe stürzte ihm mit ihrem leuchtenden Silberbogen immer mitten ins Herz.

Abdalla war ihm inzwischen sehr vertraut; eine Freundschaft. Jens war sich nicht sicher, ob dies nur durch ein trügerisches Bauchgefühl erzeugt wurde, deshalb erzählte er ihm auch kein Sterbenswörtchen vom Geld in seinem Rucksack. Und er hütete ein weiteres Geheimnis, das der Tätowierung auf seinem Unterarm.

Die Zeremonie

Eines Nachts.
Jens wurde durch ein Geräusch geweckt, trat im halb wachen Zustand vor das Zelt und atmete die frische, klare und kalte Nachtluft unter dem sternenübersäten Himmelszelt ein. Nichts außer einem hin und wieder bellenden, paarungsbereiten Ochsenfrosch im nahen Rohrschilf am Teich, einer zirpende Grille und einem im Schlaf blökenden Schaf waren zu hören.

Gerade als er seinen Blick wieder vom funkelnden Firmament abwandte, bemerkte er, dass sich etwas in der Dunkelheit bewegte.

Nicht weit von ihm entfernt stahl sich eine vermummte Gestalt langsam durch die Nacht. Er musste seine Augen weit öffnen, um sie zu sehen, denn mit der dunklen Kleidung wurde sie von der Nacht fast verschluckt, war kaum auszumachen.

„Warum um Gottes willen läuft jemand bei Dunkelheit orientierungslos durch die Wüste?", fragte er sich.

Und das machte ihn neugierig. Sehr neugierig. Er

spürte, wie in ihm etwas an die Oberfläche kam, er wollte, nein, er musste dem Geheimnis auf die Spur kommen. Etwas tief in ihm weckte seine Begierde. So gab er seinem Impuls nach und folgte mit genügend Abstand dem Schatten. Nicht aus bewusster Überlegung heraus, nein, einem natürlichen Instinkt gehorchend.

Bei jedem Schritt sank Jens ein, in dieser Dunkelheit stolperte er öfter über irgendetwas, das sich jedoch meist als eine kleine Sandanhäufung offenbarte. Mit dem vorauseilenden Schatten in dieser dunklen Nacht Schritt zu halten und nicht bemerkt zu werden, war schwierig.

Trotzdem erhöhte Jens, der inzwischen völlig wach war, nochmals die Schrittfrequenz. Er durfte die dunkle Person nicht aus den Augen verlieren.

Die vertrauten Geräusche der Oase hatte Jens schon weit hinter sich gelassen, sie hatten sich mit der Stille der Nacht vermischt und hinterließen ein schmerzhaftes Gefühl der Einsamkeit, mit Angst und Neugierde vermischt in ihm.

Kurz darauf stieg die vermummte Gestalt den steil ansteigenden Hügel, der im kalten, silbernen Licht des Vollmonds vor ihnen lag, hinauf und verschwand aus seinem Blickfeld. Jens hatte das Gefühl, bei jedem Schritt, den er dem steilen Abhang abrang, gleichzeitig wieder zwei Schritte zurückzurutschen. Doch er durfte die dunkle Gestalt nicht aus den Augen verlieren, hastete auf allen vieren keuchend und mühsam, aber auch Unheil ahnend hinterher.

Oben angekommen versperrte schroffes, steil ansteigendes Felsmassiv, das durch die Jahrhunderte ausgewaschen und zu bizarren Formationen ausgebildet war, seinen Weg. Auf der rechten Seite, etwa fünfzig Meter entfernt von ihm, konnte er gerade noch im letzten

Moment sehen, wie die dunkle Gestalt hinter einem Felssims im Nichts verschwand. Ganz vorsichtig, um ja nicht entdeckt zu werden, schlich Jens langsam auf den Sims zu. Diese Gestalt kann doch nicht plötzlich wie vom Erdboden verschluckt sein, dachte Jens suchend.

Als die kleine Wolke weiterzog, die sich vor den Vollmond geschoben hatte, erblickte seine inzwischen an die Dunkelheit gewöhnte Iris eine in einer Vertiefung versteckte und kaum sichtbare, kleine Öffnung.

Langsam, Schritt für Schritt und mit den Händen an der Felswand tastend, versuchte Jens in der undurchdringlichen Dunkelheit und angsteinflößenden Stille der Höhle, dem Mann zu folgen. Das Gestein fühlte sich kalt und scharfkantig an. Er stolperte mehrmals über lose, am Boden liegende Steine und das Echo seiner schlurfenden Schritte hallte leise von den Wänden zurück. Angst stieg in ihm auf, der andere könnte das Echo hören. Wie bei einer jagenden Wildkatze wurden seine Bewegungen noch angespannter und langsamer. Was würde ihn wohl erwarten?

Und dann die Erlösung.

Im Schein des Vollmondes konnten seine Augen den Ausgang, der sich vor ihm wie ein offener Mund öffnete, erblicken.

Draußen angekommen sah Jens etwas, was ihn fassungslos machte, ihm aber auch gleichzeitig Angst einflößte.

Ihm stockte der Atem.

Die konzentrische Aneinanderreihung von behauenen Felsblöcken am Grund des kegelförmigen Trichters in etwa 70 Meter Tiefe strahlte etwas Gespenstisches aus, verstärkt durch den hell leuchtenden Vollmond, der in seinem kalten, weißen Licht Schatten neben jeden einzelnen Megalithen in den Sand zeichnete.

Was Jens hier erblickte, ähnelte sehr stark Stonehenge in Wiltshire, im Süden Englands, aus der Jungsteinzeit. Mit dem kleinen Unterschied, dass diese Stätte in einem kreisrunden Krater, der wie ein erloschener Schlund eines Vulkans anmutete und von außen nicht einsehbar war, ruhte, sich versteckte. Und zwar in Afrika und nicht in England.

Der Verfolgte durchschritt langsam die beiden äußeren Steinkreise am Grund des Kraters. Was Jens nicht sehen oder hören konnte, waren die Gebete, die der Mann seit Betreten der Anlage leise, gebetsmühlenartig vor sich hin brummelte.

Das Zentrum der etwa hundert Meter messenden Anlage bildete ein mächtiger, oben flach behauener Stein.

Die vermummte Gestalt zog sein dunkles Gewand aus, streifte den Turban ab und kniete sich neben den Stein im Zentrum.

Zum Vorschein kam ein durchtrainierter Mann mit muskulösem Oberkörper. Jens glaubte Abdalla zu erkennen, war sich aber nicht sicher. Der Mann reckte langsam und andächtig beide Arme himmelwärts und beugte den nackten Oberkörper auf die plane Steinplatte. Jens konnte jetzt seine bebende Stimme deutlich hören.

Plötzlich setzte ein kehliger Gesang ein und sechs weitere Personen traten aus den fahlen Schatten der Megalithen heraus. Sie reihten sich kreisförmig mit ein paar Meter Abstand um die kniende Person, deren Oberkörper sich immer schneller rhythmisch auf und ab beugte.

Jens war wie gelähmt von dem mystisch anmutenden

Bild und tief hallenden Gesang, der zu ihm heraufdrang und von den kahlen Felswänden zurückgeworfen wurde. Er lag von der Dunkelheit der Nacht verdeckt auf dem Boden, duckte sich vor Angst, er könnte entdeckt werden, so tief, dass er mit dem Kopf den Sand berührte, und beugte sich geräuschlos weit vor, um ja nichts zu verpassen. Das ganze Geschehen fesselte ihn so stark, dass er seinen Blick nicht für eine Zehntel-Sekunde lösen konnte.

Plötzlich wurde es still. So still, dass man eine Feder fallen hören konnte.

Nichts bewegte sich mehr. Der Augenblick schien wie eingefroren. Das geisterhafte Standbild zauberte trotz der Kälte Jens Schweißperlen auf die Stirn. Er wusste das Gesehene nicht zu deuten. Diese Kultstätte mit ihren behauenen Megalithen schien für die Ewigkeit errichtet und strahlte eine sonderbare Energie auf ihn aus. Das Ganze war nicht greifbar und doch Realität.

Entsetzen befiel ihn. Sein Herz setzte für ein paar Schläge aus, als unerwartet ein großer, dunkler, krähenartiger Vogel flatternd die Stille für einen kurzen Augenblick durchbrach, aus dem Nichts auftauchte und sich auf einen Megalithen setzte. Seine Angst wuchs und steigerte sich zur panisch lähmenden Angst.

„Uääähh, uääähh, uääähh", schrie der Vogel mit krächzender Stimme dreimal hintereinander.

Daraufhin begannen die düsteren, unheimlich anmutenden Gestalten mit lang zu Boden fallenden Gewändern sich zu drehen, ihre Arme, die in trapezförmigen, weiten Ärmeln steckten, hochzuwerfen und ihren Oberkörper mit zum Himmel erhobenen Armen rhythmisch zu kreisen. Immer wieder in immer schneller werdender Folge, bis es so aussah, als würden sie die

Kontrolle über ihre Körper verlieren. Als wäre eine höhere, unsichtbare Macht unter ihnen, die ihr Blut zum Kochen bringt.

Gleichzeitig legte der Mann in der Mitte mit beiden Händen und ausgestreckten Armen einen seltsam im Schein des Vollmondes funkelnden Stein genau ins Zentrum des runden, mühlsteinartigen Megalithen.

Was Jens durch die Entfernung und Dunkelheit jedoch nicht identifizieren konnte, war ein lupenreiner, faustgroßer, wunderschöner Bergkristall.

Dann geschah das Unglaubliche:

Wie aus dem Nichts, ohne jegliche vorherige Ankündigung, fing die Luft an zu summen und vibrieren.

Anfangs noch zögernd huschten helle Streifen über den Himmel und dann schoss mit Lichtgeschwindigkeit ein heller, gebündelter Lichtstrahl kerzengerade, dann spiralförmig aus dem Universum nach unten. Direkt auf den Bergkristall zu.

Ein blutroter, runder, extrem heller Lichtbogen baute sich wie Spiralnebel ringsherum dann direkt über dem Stein auf.

Unvermittelt fing der Bergkristall an zu leuchten. Dieses Glühen war so hell, dass Jens abermals geblendet für einen kurzen Augenblick die Augen schließen musste.

Das fluoreszierende Licht erleuchtete die Stätte gespenstisch. Funken sprühten und die Luft war erfüllt von Energie. Das Poltern und Vibrieren verstärkte sich zunehmend.

Der Boden bebte. Die Luft schien zu brennen, als sich die Plasmateilchen mit immer höherer Beschleunigung zu einer rotierenden Tornadosäule aufbauten.

Ein Lichterstakkato waberte und geisterte über dem Firmament wie eine Aurora Borealis, ein Nordlicht.

Jens war nicht mehr in der Lage, seinen Blick von dem physikalischen Phänomen abzuwenden.

Es gibt viele Dinge, auf die wir keinen Einfluss haben, und so konnte sich Jens diesem Energiestrom nicht entziehen. Er wollte weglaufen, nicht hinsehen. Doch er konnte sich einfach nicht entziehen, sich nicht bewegen. Erstarrt wie eine Maus beim Anblick einer Giftschlange.

Das Licht wurde stärker und stärker, änderte fortlaufend seine Farbe. Aus dem Rotorange wurde Türkisblau und wechselte dann zu blendendem Weiß.

Wie im Schein eines Blitzlichtes trat die Szene aus der Dunkelheit hervor. Seine Augen brannten mehr und mehr, er hatte das Gefühl, direkt ins gleißende Sonnenlicht zu starren.

Urplötzlich ein grollender, starker Donner. Jens' Trommelfell, sein ganzer Körper, die Luft, einfach alles zitterte und bebte.

Der Bergkristall glühte rotorange wie heiße Lava.

Augenblicklich erhob sich der Stein, stieg langsam und gleichmäßig in die Höhe und schwebte wie von Geisterhand gehoben.

Zischen, brummen und grollen. Doch innerhalb weniger Sekunden war das ganze Spektakel vorüber.

Ruhe kehrte ein.

Der Stein lag, als wäre nichts geschehen, am selben Ort. Und die Dunkelheit hüllte alles, sogar die Stille, wieder in ihrem Mantel ein.

Nur noch für einen kurzen Moment regnete es Sand und kleine Steine vom Himmel.

Was Jens währenddessen nicht bewusst wahrgenommen hatte: Durch die hohe Spannung des elektromagnetischen Feldes und die Strahlung war seine

Uhr stehen geblieben und seine Muskeln fingen einen kurzen Augenblick an, unkontrollierbar zu zittern.

Die plötzliche heulende Leere, die darauf folgte, machte alles noch unheimlicher.

Den zu Glasklumpen geschmolzenen Kristallsand, der jetzt rings um den runden, mühlsteinartigen Stein herum noch glühend heiß verstreut lag, konnte Jens' Augen ebenfalls nicht erfassen.

Um sich zu beruhigen, musste er ein paarmal tief durchatmen und die Augen schließen. Doch selbst bei geschlossenen Augenlidern tanzten noch dunkle Schatten in seinen Pupillen unruhig hin und her.

Im Moment konnte er sich noch nicht durchringen, einen klaren Gedanken zu fassen. Nein, das war nicht möglich. Das, was er gesehen hatte, überstieg den Erfahrungshorizont des normalen Menschen.

Doch dann löste sich die lähmende Angst und die kalte, klare Nachtluft brachte ihn auf den Boden der Realität zurück.

Nur noch der verbrannte Geruch, der alles überlagerte, war ein letztes Indiz für das Geschehene.

Unwillkürlich und doch zögerlich wandte Jens sich ab, drehte sich um, nachdem er eine Weile ins Leere gestarrt hatte, machte sich verwirrt auf den Rückweg. Er wusste nicht, was er von dem Ganzen halten sollte.

Kapitel 2

Mittwoch, 20. Mai 2015
San Francisco, USA

Er lag ruhig da, sein Atem ging gleichmäßig. Schon vor einem Monat hatte er per Internet unter falschem Namen die Wohnung in der 5. Etage gegenüber vom Boa Vista Park in San Francisco angemietet. Sein Bett, das er direkt unters offene Fenster geschoben hatte, erlaubte ihm diese nicht einsehbare Position. Völlig entspannt konnte er so durch das Spezialzielfernrohr seiner Waffe, mit dem man auf über tausend Meter Entfernung noch die Füße einer Fliege klar und deutlich erkennen konnte, die von ihm dunkelgrün markierte Stelle, den Referenzpunkt, ein kleiner Kreis an der ebenfalls grün gestrichenen Holzbank, im Fadenkreuz in zweihundert Meter Entfernung klar sehen. Er justierte die Entfernung durch leichtes Drehen an der Linse nach, bis er das Gefühl hatte, die kleine unauffällige Markierung, ein etwa 3 Zentimeter großer Punkt, befindet sich direkt zum Greifen nah ein paar Millimeter vor ihm. Irgendwo im Hintergrund des Referenzpunktes war ein Plastikfähnchen, das ihm die Windrichtung signalisierte, an einem Strauch befestigt.

Ein Tag zuvor, er war immer ein, zwei Tage vor dem Durchführungstag am Ort des Geschehens, den er meistens ein paar Wochen früher erkundete. Die Auswahlkriterien für den perfekten Platz unterlagen immer denselben Anforderungen.

Die Entfernung zum Opfer, er nannte es lieber Objekt,

der Schusswinkel, die Sonneneinstrahlung, Menschen- und Verkehrsaufkommen, Fluchtwege und so weiter waren feste Bestandteile seiner Checkliste. Für Unvorhergesehenes legte er sich immer, ohne Ausnahme, einen Plan B bereit.

Und dann mussten sonst noch einige wichtige Eckpunkte im Vorfeld festgelegt werden. Ja, in diesen Dingen war er mehr als ein Pedant, aber so war er halt mal. Wie der Strick zu einem Henker gehört, gehörte dies zu ihm, war ein Teil von ihm.

Den durch den elektronischen zentimetergenauen Entfernungsmesser ermittelten Abstand musste er nur noch auf sein handgefertigtes, seiner Sehstärke angepasstes Zielfernrohr übertragen und dann nur noch ein ganz klein wenig nachjustieren.

Die Daten des Zielobjektes, inklusive dessen täglichen Ablauf und Gewohnheiten, bekam er jeweils von den Auftraggebern in geheimen Briefkästen hinterlegt. Die Lebensgewohnheiten des Objektes waren jedes Mal zuverlässig und minutengenau festgehalten. Ein, zwei Fotos, auf dem das Objekt immer sehr gut zu identifizieren war, wurden ebenfalls mitgeliefert. Diese Dinge wurden aus Sicherheitsgründen ganz selten elektronisch übermittelt.

An diesem frühen Morgen stand die Sonne in seinem Rücken. Das Licht passte optimal für die Durchführung. Das Opfer, es handelte sich um ein führendes Geschäftsmitglied einer der erfolgreichsten amerikanischen Biotechfirmen der Welt, musste nach seinen Recherchen in einigen Minuten an der in dreihundert Meter entfernten und markierten Bank vorbeijoggen. Dies war sein tägliches Ritual. Ohne Ausnahme joggte er jeden

Tag, außer Sonntag, dieselbe Strecke. Seinen Berechnungen nach musste das Zielobjekt sich jetzt etwa in der Höhe des Randa Museums befinden. Danach würde er wie gewohnt den Roosevelt Way überqueren, dann rechts abbiegen und via Buena Vista AVE zum Buena Vista Park kommen.

Nur dieses Mal würde er sich nicht den steilen Wanderweg bis zur Spitze des Parks hinaufquälen müssen. Nein, er würde auch nicht wie immer bei seinen Lockerungsübungen von oben mit der überwältigenden Aussicht auf San Francisco belohnt werden. Denn sein Leben wäre längst vorher erloschen.

Das Warum und Weshalb interessierte ihn nicht im Geringsten. Er wollte nichts Privates über seine Opfer wissen, so belastete er sein Gewissen nicht mit unnötigem Unrat. Das war schon seit jeher seine Lebensphilosophie.

Er genoss seinen Beruf als Auftragskiller. Seiner Meinung nach lag der größte Reichtum darin: *sein eigener Herr zu sein.* Und das war er in seinem Metier auch. Er nahm nicht jedes Angebot an. Rezession war für ihn ein Fremdwort. Seine Angebote konnte er nach Belieben aussuchen.

Das Gewehr, das er in der Hand hielt, war eine für diesen Auftrag speziell ausgewählte Waffe. Er besaß mindestens ein halbes Dutzend Spezialanfertigungen in seinem Arsenal. Eine sehr hohe Priorität besaß das Evaluieren der optimalen Waffe für den jeweiligen Einsatz.

Aus der sinnvollen Vertiefung für den Daumen und dem sonst unkonventionellen Kolben konnte jeder

Waffenfreund schließen, dass es sich auch hier um eine umgebaute Sauer 3000, eine Maßanfertigung, handelte. In Sachen Waffen war er ein Perfektionist. Seine Waffen wurden nur von ausgesuchten Spezialisten perfekt in Handarbeit angefertigt oder angepasst, so perfekt, dass es schon ins Absurde ging. Er war ein Waffennarr und der Ansicht, dass es keine Waffe im freien Handel gab, die seinen Ansprüchen genügte. Wenn er sich eine Waffe anfertigen ließ, dann ruhte er nicht, bis sie ins kleinste Detail seiner Fiktion entsprach. Außerdem war er der festen Überzeugung, dass im Handel gekaufte Munition Schrott ist. Die Hersteller also keine Ahnung von ihrem Beruf haben. Von ihm wurde nichts dem Zufall überlassen.

Er lud seine von Hand angefertigten Waffen nur mit sorgfältig laborierten Patronen, deren Treibmittel bis auf ein Zehntel Gramm genau berechnet und ausgewogen wurde. Sie mussten auf mehrere Hundert Meter Entfernung haargenau ihr Ziel erreichen und dabei noch ihre volle Wirkung erzielen.

Er zögerte ein wenig, schaute die Patronen, die neben ihm in der Schachtel lagen, liebevoll an, nahm sie genüsslich wie ein eigenes Baby zärtlich in die Hand und lud gefühlvoll das Gewehr mit den Stahlmantelgeschossen.

Er liebte es, wenn alles seinen festen Platz und Ablauf in seinem Leben hatte. So musste die Patronenschachtel grundsätzlich links neben ihm liegen.

Die Bezeichnung Auftragskiller wäre eine tiefe Beleidigung für ihn gewesen. Er sah sich als Experte und genoss es, sich am Abgrund zu bewegen. Dabei holte ihn das Leben jedoch immer wieder ein. So war es unumgänglich, dass die Höhen und Tiefen durch noch gewagtere Unternehmungen immer stärker in die jeweilige Richtung gelenkt werden mussten. Er liebte es, diese Schwelle immer zu erhöhen.

Beim Töten musste er nie, wie andere Menschen es in solchen Situationen meist taten, den Schließmuskel zusammenpressen, um nicht in die Hose zu scheißen. Auch öffneten sich nach getaner Arbeit keine tiefen menschlichen Abgründe bei ihm.

Wessen er sich jedoch nicht bewusst war, war die Tatsache, dass er inzwischen süchtig nach diesem Kick lechzte. Es war seine Leidenschaft, und Leidenschaft ist eine Art von Liebe, und dies war seine große Liebe, die er sich selbst immer wieder verschaffte.

Das Vollmantelgeschoss traf von einem dumpfen, fast nicht vernehmbaren Schlag begleitet die Stirn des Joggers. Er rannte noch ein, zwei Schritte weiter und fiel dann wie ein gefällter Baum ohne jegliche Reaktion etwas seitlich vornüber und fast steif zu Boden. Die Wirkung des Geschosses jedoch war verheerend. Gehirnmasse trat am Hinterkopf aus. Er war sofort tot, musste keine Sekunde leiden.

Noch während das Zielobjekt leblos zu Boden fiel, war sein Scharfschützengewehr samt aller benötigten Utensilien zerlegt, in einem kleinen, unauffälligen grauen Koffer verstaut und der Tatort nach verräterischen Spuren sehr konzentriert abgesucht. Fingerabdrücke hinterließ er niemals. Er trug immer dünne Gummihandschuhe wie Chirurgen bei einer OP.

Beim Verlassen des Wohnblocks hatte er kurz das Gefühl, beobachtet zu werden. Verwarf jedoch den

Gedanken schnell wieder und verließ unauffällig und schnell den Tatort und das Land.

Im Flugzeug überkam ihn dann wie nach jedem erfolgreich ausgeführten Auftrag ein befriedigendes Gefühl. Wie eine sanfte, warme Welle durchzog es seinen gesamten Organismus. Befriedigung pur. Dies waren herrliche Augenblicke, auf die er nicht verzichten konnte. Und doch schon kurze Zeit später träumte er vom nächsten Auftrag. Ja, er wurde von irgendetwas getrieben, was er nicht kontrollieren konnte und auch nicht wollte.

Ägypten, 550 Jahre vor Christus
Das Vermächtnis

Was Jens Jasper nicht wissen konnte und ihm Abdalla auch nicht offenbarte:

Nach seiner Rückkehr aus den USA hatte er das Zepter seines Vaters sofort übertragen bekommen. Somit war er nicht nur Patriarch, sondern auch spiritueller Führer vieler Familien.

Dieser Stamm bewahrte seit vielen Generationen ein Geheimnis, das niemals Außenstehenden preisgegeben wurde, in das selbst nur ein kleiner Kreis der Bewohner der Oase eingeführt war.

Dieser Kreis von Wissenschaftlern bestand aus Philosophen, Naturheilkundlern, Astrologen, Kosmologen und Priestern und Baumeistern. Ihr Wissen wurde seit Generationen immer wieder an die Söhne weitergegeben, die somit in die Vermächtnisse der alten Ägypter eingeführt und als Geheimnisträger vereidigt wurden.

Der Grundstein dieses Wissens wurde schon über dreitausend Jahre vor Christi Geburt in der 1. Dynastie in Ägypten gelegt.

Viel später dann, ungefähr in der 26. Dynastie etwa 550 Jahre vor Christus – in der Spätzeit –, fühlten sich einige Gelehrte aus dem Kulturort Heliopolis und den damaligen Kulturzentren Memphis, Theben und Hermopolis unter dem Pharao Psammetich III. falsch eingesetzt, überflüssig und ungerecht behandelt.

Das Land war in dieser Epoche großen Veränderungen unterworfen, die Perser dehnten zu allem Unglück in dieser Zeit auch noch ihre Macht aus.

Die Gelehrten kamen zum einhelligen Entschluss, dass Wissenschaft sowie Glaubensfragen von der Obrigkeit nicht mehr ernst genommen, hinten angestellt wurde, die weltlichen, materiellen Dinge zu sehr in den Vordergrund gestellt und alles nur noch darauf ausgerichtet wurde. Ausgenutzt, herabgesetzt und überflüssig kamen sich deshalb viele Gelehrte vor! Heute würde man es als Mobbing bezeichnen.

So kam es, dass sich einige der höchsten und hellsten Köpfe der damaligen Zeit vereinten. Sie kamen aus den wissenschaftlichen Zweigen der Triade von Theben, der Triade von Memphis und der der Götter von Heliopolis.

Nach langen, ausgiebigen Diskussionen und intensiver Planung flüchteten sie gemeinsam mit ihren Familien. So nahmen sie einen großen Teil des Vermächtnisses, das geheimste Wissen über Religion und Universum, sämtliche geistige Wissenschaften – sie waren ihrer Zeit weit voraus – , jetzt geballt in einer kleinen Sippe verschmolzen, mit.

Sie, die alten Ägypter, trugen damals die Theorie in sich, dass die Götter in Wirklichkeit Wesen aus einer höheren Kultur sowie aus anderen Sonnensystemen gewesen seien, die bereits existiert haben, bevor es die zivilisierte Welt, wie wir sie kennen, gab.

Heute im einundzwanzigsten Jahrhundert gehen wir davon aus, dass die Ägypter, die unserer westlichen Entwicklung weit voraus waren, die waren, die ihre Saat der Zivilisation überall in der antiken Welt, besonders im Nahen Osten, Nordafrika und Mittelamerika ausgestreut haben.

Die alten Ägypter wussten schon lange vor anderen Gelehrten dieser Erde sehr gut über den Kosmos und den kosmischen Code Bescheid. Ihre kosmischen Kenntnisse überstiegen damals und vielleicht auch heute noch jegliche Vorstellung.

Die alten Griechen zum Beispiel nahmen an, die Milchstraße besteht aus Milch von der göttlichen Hera, der Frau von Zeus. Der wollte unbedingt sein weltliches Kind Herakles zur Halbgottheit erheben. Somit legte ihn Zeus der schlafenden Hera auf ihren Bauch. Diese jedoch erwachte, stieß den saugenden Herakles von sich weg und dabei wurde ihre göttliche Milch im All verstreut. So zumindest ist es in ihrer Mythologie festgeschrieben.

Im Gegensatz dazu nahmen die ägyptischen Gelehrten an, dass die Milchstraße Gas- und Staubwolken der Galaxien ist, was sich auch viele Jahrhunderte später als richtig herausstellte.

Bei den Ägyptern war das Wissen und Aufschlüsseln des kosmischen Codes ein fester, integrierter Bestandteil ihres umfassenden Glaubenssystems.

Die Gruppe der geflüchteten Weisen ließ sich nach längerer Wanderschaft und Suche nach einem geeigneten Ort in einer fruchtbaren Oase, nicht allzu weit vom heutigen Alexandria entfernt, nieder.

Sie nahmen an, dass die Erde, dem menschlichen Körper ähnlich, mit Chakrensystemen, Energielinien, durchzogen ist. So musste es ihrer Philosophie nach auf der Erde ebenfalls Orte geben, die diese Besonderheiten aufwiesen. Die Gruppe wurde nicht weit von der Oase fündig, die sie dann besiedelten und in der heute noch ihre Nachfahren, die Sippe von Abdalla, leben.

Viele alte Strukturen wurden beibehalten, doch ebenso viele löste man auf und passte sie der heutigen Lebensweise an, andere wiederum wurden durch neue Erkenntnisse ersetzt.

Sie bauten unweit der Oase im Zentrum eines Kraters, der inmitten der Wüste liegt, eine Kultstätte ähnlich Stonehenge in England auf.

Für sie vereinten sich an diesem spirituellen Ort die menschlichen Seelen, und die Verbindung zu den Göttern war ebenfalls gegeben.

Hier war der starke Herzschlag des Universums für sie spürbar und ihre spirituellen Führer konnten die tiefe Verbindung zum unendlichen universellen Energiestrom herstellen.

Wie fast ausschließlich bei Erfindungen und Entdeckungen auf unserem Planeten kam auch ihnen der Helfer Zufall dabei entgegen. Sie stellten fest, dass sie, die spirituellen Köpfe und Gelehrten der Sippe, wenn sie zusammen zelebrierten und in Verbindung zu ihren Ahnen und Göttern traten, ebenfalls Kontakt – zu bestimmten Zeiten – zu anderen Planeten und deren Energien herstellen konnten.

Über die Jahre kristallisierte sich ebenso heraus, dass jeden Monat, so um die Vollmondzeit, besonders starke Sonnenwinde auftraten. Und immer wenn die Gravitation ein wenig durchlässig ist, können diese die Magnetfelder durchschießen und die Atmosphäre durchstoßen. Sie nannten dies Sternenstaub.

Diese Entdeckung, dass, wenn einmal im Monat die Roten Sonnen ihre Energie, die geladenen Plasmateilchen, zu einer bestimmten Zeit in erhöhter Konzentration bis auf Lichtgeschwindigkeit beschleunigt und spiralförmig nach unten sendet, unsere Atmosphäre, die uns umhüllt und somit auch schützt, darauf mit einem Leuchten, weit sichtbar wie Polarlichter, antwortet, war für sie etwas Göttliches.

Sie, die Gelehrten der Sippe, nahmen an, dass dies die Verbindung zu den Übergöttern war und ihnen dadurch Wissen und Gesundheit übertragen und ein gutes Leben in einer anderen Galaxie ermöglicht würde.

Ein feststehendes Gesetz gab vor, dass die Sippe als auch die Wissenschaftler nur durch einen Führer geleitet wird. Für dieses Amt wurde ausnahmslos immer der erstgeborene Sohn des Führers eingesetzt. Somit musste Abdalla als vermeintlicher Nachfolger seinen Vater schon als Jugendlicher zu diesen Zeremonien begleiten und ihnen beiwohnen.

Daraus ergab es sich unwillkürlich, dass sich im Laufe der Zeit bei ihm, dem immer neugierigen und erfinderischen Jungen, schon in frühen Jahren im Hinterkopf die Idee immer stärker manifestierte:

Ich werde eines Tages die bei den Zeremonien entstehende Energie, diese universelle, heilige Quelle aller Energien, auf geeignete Speicherträger bringen.

Die Voraussetzungen und großen Herausforderungen, wie zum Beispiel die Energie aufrechtzuerhalten sei, damit kein Verlust bei der Speicherung eintritt, sowie viele andere zu lösende Probleme, waren damals dem kindlichen Gedankengut Abdallas natürlich nicht bewusst.

Es kam, wie es kommen musste:

Aus diesem Hintergrundwissen und Gedanken heraus konzentrierte er sich dann später bei seinem Studium auf die Speicherung von Energie. Dabei stand nicht mehr die bei der Zeremonie aufkommende Energie in seinem Fokus, er dachte hauptsächlich an die täglich auf die Erde treffenden kosmischen Strahlen, die Plasmateilchen.

Damit wäre das Energieproblem und somit auch die Umweltverschmutzung ein für alle Mal vom Tisch.

Dies war sein schon in der Kindheit gehegter Gedanke und Wunsch, der durch seinen Vater geschürt in das Gedankengut des Jungen implantiert worden war.

Es galt, die elektro-chemische Reaktion umzuleiten und festzuhalten. Alte Blei-Batterien oder Lithium-Akkus kamen nicht infrage.

Daneben, ganz tief in ihm, ruhte ebenso der futuristische Gedanke, dass diese gespeicherte Energie mit einem globalen Energienetzwerk an jeden beliebigen Ort dieser Erde gesendet werden könne. Dabei kristallisierte sich immer mehr die elektromagnetische Frequenz, also ohne festes Trägersystem, mittels eines Spulensystems heraus. Wobei die eine Spule sich in einem oder mehreren Satelliten in der Erdumlaufbahn befände.

Doch bei seinen Forschungen stieß er immer wieder auf das Trägermaterialproblem. Er versuchte es mit neuartigen Batterien auf der Basis von festkörperchemischen Verfahren, um die kompletten Strukturen erhalten zu können. Ebenso musste Abdalla erfahren, dass es die unzureichende Reversibilität sowie die kinetische Barriere zu überwinden und die Energiedichte zu halten galt. Auch die Steuerung, welche dafür sorgt, dass zu jeder Zeit Energie zur Verfügung steht, warf fast unüberwindbare Probleme auf.

So verging Tag um Tag. Woche um Woche. Monat um Monat. Er versuchte sich in vielen neuen Ansätzen.

Bis dann, urplötzlich und unerwartet, in Zussammenarbeit mit dem Max-Planck-Institut ein kleiner Lichtschimmer am Horizont aufleuchtete. Sie konnten jetzt wohl die Energie chemisch mittels Trägerstoffen, sogenannten Katalysatoren, in Verbindung mit Kohlendioxid, speichern, sie jedoch nur ein paar Tage aufrechterhalten. Doch ab diesem Zeitpunkt war ihnen bewusst, es war nur noch eine Frage der Zeit und der große Durchbruch würde kommen.

Das Projekt wurde unter strengsten Vorkehrungen als topsecret eingestuft.

Trotzdem erreichte es auf verschlungenen Wegen die Chefetagen der fünf mächtigsten Ölmultis. Diese trafen sich daraufhin zum ersten Mal in der Geschichte vereint

an einem Tisch in Texas.
Nach einem sehr langen und diskussionsreichen Tag stand das Ergebnis fest:
Das Projekt musste gestoppt und die Wissensquellen eliminiert werden.
Sonst schwammen ihre Felle, ihre Geldquellen, langsam, aber sicher davon.
Die Ölbarone mögen es nicht, wenn jemand an ihre Portemonnaies geht, ja, sie waren immer bereit, alles, was sich ihnen in der Weg stellte, umzunieten.

Bei einem zweiten gemeinsamen Meeting, es bestand nur aus den Sicherheitschefs der Konzerne, wurde unter strengster Geheimhaltung die uralte Methode, die es seit Jahrtausenden schon gibt, als die effektivste angesehen und ausgewählt.
Es war klar, das Projekt musste durch den Verlust der Führungsspitze und der Geheimnisträger ein für alle Mal zerschlagen werden.
Dies war dann der Zeitpunkt, in dem ein deutscher Auftragskiller, der als einer der zuverlässigsten Exekutoren galt, für eine immense Summe unter Vertrag genommen wurde.
Die Kontakte wurden über mehrere Mittelsmänner verschlungen zu ihm hergestellt.
Egal wie es kam, man konnte keine Verbindung zwischen dem Auftraggeber und dem Exekutor herstellen.
Ebenso wurde eine zweite Ebene, in der der Auftragskiller bei seinen Ausführungen durch einen Schatten überwacht wurde, manifestiert. Es durfte nichts, nicht mal die kleinste Information über dieses Projekt an die Öffentlichkeit gelangen. Die Absicherung musste hundertprozentig wasserdicht in Bezug auf Ausführung

und Geheimhaltung sein und im Notfall sämtliche Verbindung sofort gekappt werden. Und dies ohne Rückschlüsse und Verbindungen, also ohne brauchbare Spuren zu hinterlassen.

Kapitel 3

Im Sudan, Nordostafrika 1968

Lena Janke lief zum See herunter. Es war ruhig, sehr ruhig und ihr war, als hörte sie das Universum atmen. Das Funkeln der Sterne und der blasse Schimmer des Mondlichtes, das sich auf der glatten Oberfläche des Wassers spiegelte, unterstrich das Ganze.

Sie meinte, den zarten Duft von Rosen wahrzunehmen, aber das war hier an diesem Ort unmöglich. Eine Einbildung. Lena eilte über die Wiese, hin zum kleinen Holzhaus am See.

Als sie das wiederholte Aufglühen einer Zigarette erblickte, wusste sie, dass er schon wartete. Beim Näherkommen sah sie ihn auf einem umgedrehten, kleinen Fischerboot sitzen.

„Bombom ... bombom ... bom ... bom ... bom ..." Ihr

Herz fing bei seinem Anblick unvermittelt an, Freudentänze zu vollziehen, schlug mit der Geschwindigkeit eines Ferraris bei Vollgas.

Sein Profil, das er ihr zugedreht hatte, war mit der leicht gebogenen Nase unverkennbar und seine pechschwarzen, dichten Haare glänzten im Mondschein wie eine polierte Silberkappe.

Wortlos setzte sie sich zu ihm hin. Beugte sich vor, um seine großen, feurigen Augen im Schein des Vollmondes sehen zu können.

Sie sprachen kein Wort. Schauten sich mit tiefer Zustimmung in die Augen. El Archid drückte die Zigarette auf der Holzplanke des Bootes aus und kleine Funken rieselten langsam zu Boden. Er ließ sie mit seinem Blick nicht los, schnippte mit Zeigefinger und Daumen den Stummel der Zigarette in hohem Bogen in den See, wo er sich zischend ganz löschte.

„Schön, dass du gekommen bist", flüsterte er zart, legte ihr die Arme um den Hals, zog sie zu sich und küsste sie.

Lenas Zunge erkundete seine breiten, wulstigen Lippen, die noch den rauchigen, etwas würzigen Geschmack der Zigarette trugen. Dabei strich ihr warmer Atem über sein Gesicht.

Ihre weiche Zunge umschmeichelte den Hals unterhalb seines Ohres. Sie konnte spüren, wie sein Körper sich auflud, seine Lust sich steigerte, seine ganze Muskulatur sich anspannte.

„Ich hatte Sehnsucht nach dir", flüsterte Lena ihm zart ins Ohr und nahm seine Lippen zwischen ihre Zähne, biss sanft zu.

„Aaahhh", stöhnte El Archid kurz auf. Es war aber nicht der Schmerz, nein, es war die pure Lust, die ihn zum

Stöhnen brachte. Er erwiderte ihren Kuss mit einer Wildheit und einem Verlangen, die unsichtbare Funken sprühen ließen.

Lena schob in diesem Moment ihre kleine Hand unter sein weich fallendes arabisches Baumwollgewand und sie konnte seine gespannte Männlichkeit ertasten.

Die Lust, die Begierde, die Liebe der beiden steigerte sich wie ein aufkommender Tornado ins Unermessliche.

„Gehen wir schwimmen", unterbrach sie abrupt das Liebesspiel, löste sich ruckartig von ihm und fing an, ihre Kleider auszuziehen.

„Jetzt mitten in der Nacht?", fragte er verwirrt und schaute Lena zu, wie sie sich langsam entkleidete. Dieser Anblick steigerte seine Lust noch mehr und El Archid musste sich mit aller Macht zusammenreißen, um nicht über sie herzufallen.

„Hab dich nicht so", lachte sie laut in die Dunkelheit hinaus, während sie sich am Verschluss ihres BHs zu schaffen machte.

„Es ist warm, du Weichei, wir sind ganz alleine. Komm schon!", spottete Lena herausfordernd und war sich ihrer Wirkung auf ihn bewusst.

Wie wunderschön und erotisch sie sogar im Schein des kalten, weißen Lichts des Mondes aussieht. Ihre weiche, sanfte Haut erscheint noch samtiger, dachte El Archid.

„Du bist wie eine zarte Rose im Widerschein des Vollmondes", flüsterte er kaum hörbar in die Stille und umschloss ihre wohlgeformten, straffen Brüste mit beiden Händen.

Sie riss sich los und sprang kopfüber ins Wasser.

Lena war in Sachen Bildung für die Entwicklungsarbeit der DDR im Sudan. Die Entwicklungsarbeit war ein Instrument ihrer Außenpolitik, das ihr Ansehen und ihre Macht nach außen hin demonstrieren und festigen sollte.

Um in die FDJ-Freundschaftsbrigade, die hauptsächlich in Sachen Bildung unterwegs war, zu kommen, musste man eine linientreue Fachkraft sein. Diese wurde von einem Komitee, das die Person sowie die ganze Familie durchleuchtete, ausgewählt.

Später war dann in der DDR eine ökonomisch ausgerichtete Entwicklungsarbeit angesagt. Diese Arbeit war ebenfalls freiwillig, jedoch sehr beliebt. Es war die einzige Möglichkeit, legal in ferne Länder zu reisen.

Lena Janke unterrichtete als Englischlehrerin im Sudan Studenten. Sie hatte diese Möglichkeit jedoch nur durch Vitamin B, wie Beziehung, erhalten. Otto Janke, ihr Vater, war mit der Familie Feister, das waren ehemalige Nachbarn im tausendjährigen Bautzen, der heimlichen Hauptstadt der Oberlausitz, bekannt. Eberhard Feister, in Bautzen geboren, war Diplomat im Sudan. So wurde durch die Hintertür dieser Bekanntschaft Lena diese Tür nach Afrika aufgestoßen.

Seit knapp einem Jahr war sie in Khartum im Sudan, das am Roten Meer liegt und unter anderem an die afrikanischen Länder Eritrea, Äthiopien, Uganda und Kongo grenzt, tätig, als El Archid unvermittelt in ihrem Leben auftauchte.

El Archid der Ägypter, der geschäftlich für ein paar Tage in den Sudan gereist war, wusste, als erstmals mit ihr zusammentraf, sofort beim Anblick dieser jungen Frau:

Das ist sie!

Und seine Augäpfel quollen fast aus den Höhlen, so

sehr begehrte er sie.

Es war ein Mittwoch, die glühend heiße afrikanische Sonne stach bei 48 Grad Lufttemperatur erbarmungslos vom Firmament, als Lena mit der laut tuckernden Fähre vom Festland auf die Tuti-Insel rüberfuhr. Sie wusste, ihre schöne Zeit im fernen afrikanischen Kontinent ging ihrem Ende zu, sie würde bald wieder zurück in ihrer gewohnten DDR ihrem alten Trott nachgehen. Allein schon der Gedanke an die Rückkehr bewirkte bei ihr einen Brechreiz. Das erste Mal in ihrem Leben konnte sie außerhalb ihrer Heimat, die von Stacheldraht und Mauern umgeben war, Erfahrungen sammeln, sehen, wie sich das Leben andernorts abspielte und anfühlte. Die Freiheit schnuppern.

Die Hitze machte ihr immer noch sehr zu schaffen, in den vergangenen elf Monaten hatte sie sich einfach nicht daran gewöhnen können. Doch lieber diese Hitze ertragen, als dieses kalte Eingesperrtsein. Eingesperrt und gefangen im eigenen Land, sagte sie sich oft, ist für mich wie verdursten vor einem Brunnen mit klarem, sauberem Wasser. Es vor sich zu sehen, das Wasser in Griffweite, aber es nicht trinken dürfen. Das war für sie unerträglich.

Und jetzt, da sie die Freiheit für Monate am Puls des Lebens beschnuppert hatte, war der Gedanke noch schlimmer, unerträglich.

Die letzten Wochen ihres Aufenthalts füllte sie deshalb mit kleinen Reisen zu Sehenswürdigkeiten. Doch dies kostete immer wieder Überzeugungsarbeit bei ihrer Vorgesetzten. Anfangs durfte sie nur unter Begleitung eines Bewachers – dieser wurde als Schutz und Begleitperson bezeichnet – ihre kleinen Exkursionen unternehmen. Und heute war ihre Premiere. Unglaublich, fast nicht fassbar für sie.

Sie war alleine ohne Aufpasser mit der Fähre unterwegs auf die halbmondförmige Insel, die im Zusammenfluss des Blauen und des Weißen Nil lag. Auf der Insel gab es außer den drei Moscheen nicht viel Sehenswertes. Doch sie wollte die Erfahrung machen, wie es sich anfühlte auf der Insel, die inmitten des Zusammenflusses beider Flüsse ruhte.

Sie saß ruhig, gedankenverloren am leeseitigen Ufer, starrte auf das Wasser, das sich hinter der Insel nicht durchmischen wollte. Der Blaue Nil, der größere von beiden Flüssen, setzte sich für Kilometer durch. Er schob das Wasser des kleineren Weißen Nil einfach mit purer Gewalt zur Seite, dachte sie.

„Das ist irgendwie unglaublich, nicht wahr?", sagte plötzlich eine tiefe Stimme hinter ihr. Sie drehte sich erschrocken um und sah einen großen, sportlich gebauten Mann, sofern man dies in dieser Bekleidung ausmachen konnte, auf sie herabblicken.

Ihr war, als hätte sie einen Kloß im Hals, brachte kein Wort heraus, als sie aufstand.

„Bleiben Sie ruhig sitzen! Wenn es Ihnen nichts ausmacht, dann würde ich mich gerne neben Sie setzen?", sagte er in seinem ausgezeichneten Englisch und einnehmenden Lächeln im Gesicht. Und schon saß er, ohne ihre Antwort abzuwarten, neben ihr. Lena wurde nervös, sehr nervös und unruhig. Doch der männlich herbe Duft, der von ihm ausging, und sein fantastisches Aussehen raubten ihr die Sinne. Sie war einer Ohnmacht nahe.

„Sorry, mein Name ist Asrar El Archid El Emam",

sagte er, beugte sich ein wenig zu Lena hin und gab ihr seine große, kräftige, von der Sonne gebräunte Hand.

„Doch ich werde nur El Archid genannt", fügte er hinzu.

„Lena Janke", hauchte sie, musste sich ein paarmal räuspern, bis sie ihre Stimme wiederfand.

„Ja, das hier ist ein besonderes Schauspiel, das ich mir jedes Mal, wenn ich in Khartum bin, ansehe. Man hat das Gefühl, als traue der eine Fluss dem anderen nicht. Sie wollen sich einfach nicht vermischen. Jeder bleibt für sich. Der Stärkere von beiden ist der mit dem blauen Wasser. Es ist der Blaue Nil. Er kommt mir irgendwie überheblich vor", der Fremde drehte seinen Kopf zu ihr hin, sah ihr kurz tief in die Augen, als wolle er das Gesagte damit unterstreichen, „schiebt das blaugrüne Wasser des Weißen Nil einfach zur Seite. Die beiden Flüsse fließen so mehrere Kilometer nebeneinander her, bis sie sich dann doch endlich vertrauen, sich vermischen. Es ist wie bei den Menschen", sagte El Archid und blickte dabei etwas abwesend auf das spiegelnde Wasser.

„Sie trauen einander nicht, wollen lieber für sich sein. Jeder sein eigenes Ding machen. Sie übersehen leider, dass dabei meist etwas Größeres entstehen kann.

Aber was erzähle ich da. Sorry, wollte Sie mit meinen Geschichten nicht langweilen."

„Ganz und gar nicht. So ähnliche Gedanken kamen auch in mir auf und ich finde es interessant, was Sie sagen", antwortete Lena. Für ihre Verhältnisse war sie plötzlich sehr locker. Sie konnte ihren Blick von seinen dunklen, nein, es waren schwarze Augen nicht abwenden. Diese Tiefe und Wärme zogen Lenas Blick magisch an.

Die leicht gebogene Nasse, die pechschwarzen, dichten

Haare und das von Wind und Wetter gebräunte Gesicht, in dem viel Abenteuer gespeichert zu sein schien. Einfach die ganze Aura des Mannes nahm sie gefangen, ließen sie nicht mehr los. So was war in ihrem ganzen Leben, nicht mal in ihren kühnsten Träumen aufgetaucht.

Wo das Herz am tiefsten fühlt, kann der Mund nur stammeln.

Vielleicht war es dieser Gegensatz, der sie magisch anzog; die geheimnisvolle Fremdartigkeit im Äußeren und doch das Vertraute im Denken und Fühlen. Denn das Fremdartige verlockt mit tausend süßen Stimmen.

„Woher kommen Sie, Lena?", fragte er sie ganz ungeniert.

„Ich bin aus der Deutschen Demokratischen Republik als Englischlehrerin für ein Jahr hier in Khartum tätig", antwortete sie, und er konnte den Stolz in ihrer Stimme mitschwingen hören.

„Und wenn ich fragen darf, was für ein Landsmann sind Sie?"

„Ägypter! Ich stamme aus einer wunderschönen Oase, die in der Nähe von Alexandria liegt", sagte er, und sie konnte seinem Lächeln nicht widerstehen, musste es erwidern, konnte sich dagegen nicht auflehnen. Beide verspürten, dass sie ein Band der Sympathie, oder war es schon Liebe, verband.

„Der Nil ist ein Symbol einer übergeordneten Einheit, egal welche Glaubensrichtung. Ebenso ist er ein Segen für alle Menschen, die an ihm wohnen. Er bringt ihnen seit Menschengedenken Reichtum. Das mit Sediment angereicherte Wasser war schon in der Zeit der alten Pharaonen die Grundlage für Ackerbau und Viehzucht und somit für Reichtum, und das ist heute noch so. Das hat sich nicht verändert. Na ja, nicht mehr ganz so. Er ist und bleibt aber ein Lebensspender, der größte Fluss der Erde."

Lena und El Archid unterhielten sich angeregt, vergaßen die Zeit. So erfuhr sie unter anderem, dass der ägyptische Kalender durch den Nilometer – dies war eine Wassertreppe zum Messen des Pegelstandes – in drei Jahreszeiten eingeteilt war:

die Überschwemmung, die Aussaat und die Ernte.

Ebenso erfuhr Lena von ihm, dass die Beduinen, also seine Vorfahren, nach altem Brauch einen Gast nie nach seinem Namen fragten und ihn die ersten drei Tage ohne jegliche Gegenleistung bewirteten. Und sie das Leben als einen langsam ziehenden Fluss sahen, den man ungehindert ziehen lässt, und schaut, was er einem bringt.

Als die Sonne alles, den Himmel, den Fluss, die Sahara, aber auch das Gras in zartes Rot tauchte, um danach ins Lila überzugehen, und die Dunkelheit langsam alles in sich einhüllte, saßen sie immer noch am Fluss, bis durch die kleinen Löcher in der aufgezogenen Wolkenbank helle Abendlichter fielen und sich im Wasser spiegelten.

El Archid rief in Khartum eine Taxe für Lena.

Lena saß verknallt und grinsend, als hätte sie den Jackpot im Lotto gewonnen, im alten, gelb gestrichenen und verbeulten Auto auf dem Weg zurück zur Universität. Verliebtheit und Freude pumpten alle möglichen Hormone in ihr Blut und sie musste sich zusammenreißen, um nicht …

Aber auch El Archid konnte sie wie ein zum ersten

Mal verliebter Pennäler auf dem Weg ins Hotel nicht mehr aus seinen Gedanken bekommen:

Sie ist unbeschreiblich schön, ihr reizvoller, perfekter Körper, ihre Intelligenz, ihr ganzes Wesen, hämmerte es ununterbrochen in seinem Gehirn. Er musste sie einfach haben, sie berühren, sich mit ihr vereinen. Jedoch im Gegensatz zu den meisten anderen Männern in Afrika wollte er sie nicht besitzen. Nein, er wollte sie lieben, mit ihr zusammenleben! Durch seine Liebe ihr Freiheit schenken.

El Archid wusste: Einen seltenen Vogel darf man nicht in einen goldenen Käfig sperren. Wenn man ihn behalten will, dann muss das Türchen offen, immer weit geöffnet sein, dass er gehen und kommen kann, wann es ihm beliebt. Und wenn dann noch immer genügend leckeres Fressen im Käfig liegt, dann ...

Ja, auch ihn hatte der Blitz der Liebe getroffen und rettungslos verbrannt und er wusste, dass sie seine Morgendämmerung war.

Der Unterricht verging wie im Flug und sie zählte die Stunden, bis endlich der ersehnte Samstag vor der Tür stand, an dem sie sich mit El Archid in Khartum verabredet hatte. Nachts lag sie oft stundenlang wach im Bett, konnte vor lauter Freude und Aufregung nicht einschlafen. Es war wie in ihrer Kinderzeit in der Nacht vor Heiligabend, da konnte sie vor lauter Aufregung auch kein Auge zu tun.

Sie bummelten durch die Stadt, durchstöberten Läden, nahmen den Duft exotischer Gewürze auf dem riesigen Basar wahr. Es war Markttag und diese Tage sind nicht nur ein wirtschaftliches, sondern auch ein soziales

Ereignis. Niemand hat es eilig und die Leute kommen von weit her. Beim Tuareg angefangen, über Berber oder Ägypter, hier sind viele Nationalitäten anzutreffen. In ihren lose hängenden schwarzen, weißen, blauen und knallrotfarbigen Gewändern schlendern sie gemächlich zwischen den auf Holztischen aufgestapelten Waren dahin und tauschen Ereignisse ebenso wie Waren aus. Dabei werden Schuhe, bunte Stoffe, Körbe, Nahrungsmittel, Tonkrüge und sonstige Dinge für den Haushalt begutachtet und nach den Preisen gefragt. Vereinzelt findet man auch Plastikwaren, T-Shirts und Jeans aus Europa.

„Einen Augenblick, warte hier kurz auf mich", bat El Archid sie und verschwand im Getümmel. Während sie das Treiben der Menschen beobachtete, stand er kurze Zeit danach schon wieder neben ihr:

„Lena, das Blau dieses Türkis ist der Spiegel deiner wunderschönen blauen Augen", sagte er und hängte ihr die erworbene Goldkette mit dem ovalen Türkisanhänger um ihren schlanken Hals und blickte mit seinen schwarz glänzenden Augen, in der sich das Licht der Sonne brach, in ihre Seele. Sie kamen sich dabei nah, so nah, dass sie die Wärme auf ihren Gesichtern spürten. Es gab kein Halten mehr, sie mussten – wie durch eine höhere Gewalt gelenkt — sich einfach küssen. Tränen der Freude und Liebe rannen Lena übers Gesicht und tropften auf den weichen, seidenen Stoff des türkisblauen Gewands El Archids.

Als sie am Abend in der Hotelsuite auf dem Bettrand saßen, strich Lena ihm sanft über die Wange. El Archid umschlang ihre kleine, schmale Hand, küsste sie zart und führte sie langsam auf seine linke Brustseite.

„Du bist mein Herzschlag, ich habe so lange auf dich gewartet." Dabei schaute er ihr tief in die Augen und berührte ihre Seele. Lena und El Archid ließen sich fest umschlungen auf das hellblaue, mit afrikanischen Motiven bedruckte Bettlaken fallen, liebten sich die ganze Nacht hindurch. Nur das laute Zirpen der Grillen begleitete sie dabei. Und sie schliefen erst in den frühen Morgenstunden, als der sternenübersäte Nachthimmel durch die langsam aufgehende Sonne abgelöst wurde.

Das weiche Morgenlicht drang durch die großen Rundbogenfenster des altehrwürdigen Mehrsterne-Hotels und durchflutete das ganze Zimmer.
Lena lag mit offenen Augen im seidenbespannten Bett, draußen wiegten sich die Palmen im immerwährenden Saharawind.
Sie starrte im Hotelzimmer an die Decke und beobachtete den weiß lackierten Blechflügel des Ventilators, der leise vor sich her wummerte „... wumm ... wumm ... wumm ..." und die warme Luft in kleine Scheiben schnitt.

El Archid saß auf einem Hocker neben dem Bett, rauchte genüsslich eine Zigarette – er rauchte ganz selten, nur zu einem besonderen Anlass – und blickte sie liebevoll mit seinen warmen, exotischen Augen an.
„Wir gehören jetzt zusammen", flüsterte er leise, und sie konnte seine perfekten, schneeweißen Zahnreihen im warmen Morgenlicht strahlen sehen.
„Und ich werde dich immer pflegen wie eine zarte Rose." Er hatte seinen Blick von ihr noch nicht gelöst, sah sie dabei immer noch verliebt an.
„Du bist wunderschön, mit deinen goldenen Haaren,

deiner weißen, zarten Haut", fügte er in fließendem Englisch hinzu.

„Ich werde dich mit nach Ägypten nehmen. Du wirst das Leben in unserer Oase lieben.

Dort spricht der Mond, die Palmen singen Lieder und der Sand flüstert von längst vergangener Zeit. Ja, und die farbigen Blumen läuten hell und verströmen ihren betörend lieblichen Duft. Man muss nur genau hinhören", endete er, beugte sich vor, berührte sanft mit den Fingerspitzen ihre weiche Haut am schlanken Nacken. Seine Berührung wirkte elektrisierend und sämtliche Nackenhaare stellten sich bei Lena auf.

„Ich bin sehr glücklich, dass ich dich getroffen habe", sagte er, als im selben Augenblick ein kleiner Gecko gemächlich über die Wand lief und im Schein der Morgensonne wie ein Stück Gold glänzte.

Und Lena fühlte sich wie die Prinzessin aus einem arabischen Märchen, die ihr ihre Mutter Anna abends immer aus dem alten, abgegriffenen Märchenbuch vor dem Einschlafen vorgelesen hatte. Lenas nächtliche Kinderträume wurden auf wundersame Weise Realität.

Lena schaute verloren auf die grünen, saftigen Wiesen, weit, weit unter sich. Das Rauschen der Triebwerke hatte sie schläfrig gemacht und jetzt, als sie aufwachte, flogen sie bereits über der DDR. Heiße Tränen liefen über ihr Gesicht und sie wusste, dass ab jetzt alles, was sie in den letzten Wochen mit El Archid zusammen erlebt hatte, schon Vergangenheit war, weit hinter ihnen lag.

Am letzten Abend, als sie sich am See trafen, schwammen, unter dem mit Sternen behangenen, warmen afrikanischen Himmel liebten, hatte sie sich schon entschieden.

Es gab nur zwei Möglichkeiten und sie wusste nicht, welche ihr mehr Angst bereitete:

Entweder sie flüchtete und ging zusammen mit El Archid nach Ägypten oder sie ließ die Liebe ihres Lebens alleine zurück, sah ihn nie wieder.

Ihr war bewusst, egal für was sie sich auch entschied, sie musste aus dem bitteren Kelch trinken. Und sie entschied, ihre Mutter nicht den DDR-Behörden zu überlassen. Nein, das konnte sie nicht. So biss sie auf die bittere Mandel des Abschieds von ihrem geliebten El Archid.

An ihrem letzten Abend am See wollte sie sich alles für die Ewigkeit einprägen:

Den Duft seines Körpers, seine Bewegungen, den Ton seiner erotischen Stimme, den tiefschwarzen Schimmer in seinen Augen, sein offenes und doch geheimnisvolles Lächeln in seinem Gesicht. Einfach alles wollte sie für immer in sich aufbewahren und konservieren.

„Bist du glücklich?"

„Ja, ich glaube schon, dass das, was ich zurzeit empfinde, Glück ist. So etwas habe ich bis heute noch nie gespürt."

„Der Gedanke, ohne dich zu leben, ist für mich unerträglich. Du machst mich glücklich, wie es kein anderer Mensch vermag. Du machst mich zu dem Menschen, der ich gerne sein möchte und bis heute nicht war", hauchte El Archid.

„Auch du bist mit Abstand das Beste, was mir je widerfahren ist. Es ist, als hätte ich ein Leben lang auf dich gewartet", sagte Lena zu ihm.

Auch diese Worte hallten immer wieder in ihrem Kopf, ließen sie fast ohnmächtig werden.

Die schwierigste Aufgabe bestand darin, ihn nicht einzuweihen, ihn im Glauben zu lassen, dass sie mit ihm ging.

„Meine Damen und Herren, bitte schnallen Sie sich an und stellen Sie Ihre Sitze in die aufrechte Position, wir landen in Kürze in Berlin", riss sie die Stimme der Flugbegleiterin aus den Gedanken, holte sie zurück in die Gegenwart, während das Fahrwerk polternd das ganze Flugzeug vibrieren ließ.

Kapitel 4

Montag, 20. Juli 2015
Die Karawane

So wie jeder andere Stadtmensch wäre auch Jens verloren gewesen, hätte er diese Route durch die archaische Landschaft der Sahara, in der die Urgewalt der Sonne alleiniger Herrscher ist und keine Abwechslung mit sich bringt, alleine zurücklegen müssen. Er konnte nicht wissen, dass es für Menschen, die nicht in der Wüste groß geworden sind, hier so gut wie keine Orientierungspunkte gab, und sie nach links abdrifteten, anstatt geradeaus zu gehen. Das linke Bein ist fast bei allen Menschen etwas kürzer und dazu noch schwächer als das rechte. Daher gehen sie mit der Zeit im Kreis und kehren irgendwann, ohne es zu merken, zur selben Stelle zurück.

Der Beduine Jamal Abiba El Khal mit seinem türkisblauen Gewand war hier aufgewachsen und ihm war diese wertvolle Tatsache seit Kindesbeinen bekannt, er hatte sie mit der Muttermilch aufgenommen.

Als es dämmerte und die Nacht anbrach, bewegte sich die Karawane Richtung Südost und marschierte für drei weitere Stunden durch die Dunkelheit. Jamal führte die Kamelkarawane an, ritt den ganzen Tag hindurch an der Spitze. Nun blieb er stehen, befahl mit wenigen Handbewegungen seinen Begleitern und Kamelen anzuhalten.

Das mit getrocknetem Kameldung entfachte Feuer erhellte gespenstisch die Umgebung und in Jens kamen unmittelbar die Bilder der merkwürdigen Zeremonie auf, der er, heimlich und unentdeckt, beigewohnt hatte.

Als er längere Zeit in das züngelnde Feuer blickte, machten sich in seinem Kopf Zweifel breit, ob er dies eventuell nur geträumt habe und es ein Hirngespinst von ihm sei. Und urplötzlich kamen diese ungeklärten Fragen als ungebetene Gäste wieder gebetsmühlenartig in ihm auf.

Wer bin ich? Was mache ich hier? Wie sehen meine Zukunftspläne aus? Diese Fragen kamen von dem schon tausendmal überdachten Kurs nicht weg. Sie hielten sich wie Pech und Schwefel fest, wiederholten sich immer und immer wieder.

„Sie müssen mehr trinken", riss ihn Jamal aus dem Gedankenstrom und setzte hinzu:

„Morgen haben wir nochmals einen sehr langen und kräfteraubenden Tag vor uns. Sie müssen versuchen, so viel wie möglich zu schlafen."

„Ja, Jamal, es ist jedoch sehr ungewohnt für mich, hier in freier Natur auf dem Sand zu schlafen. Wann werden wir denn an unserem Bestimmungsort ankommen?", fragte Jens mit müder Stimme und hängenden Augenlidern.

„Übermorgen, so Allah es will", antwortete er mit seinem von der Sonne gegerbten und immer lächelnden Gesicht, auf das der Schein des Lagerfeuers bewegte Schatten warf und mit den Falten und Spuren eines harten Lebens spielte.

„Doch wir sollten jetzt schlafen", befahl er mit einem etwas schärferen Ton, und auf sein Kommando hin streckten sich die Kamele im Sand aus. Die Tuareg lehnten sich mit ihrem Oberkörper an die Körper der Kamele, so wie ihre Vorfahren es schon seit Hunderten von Jahren tun. Sie schliefen in dieser Stellung. Jens meinte zu sehen, dass sie wie Echsen mit offenen Augen nur ruhten und mit einer immensen Geduld auf die Morgenröte warteten. Er selbst konnte in dieser Position nicht schlafen, er legte sich lieber mit seiner dünnen, farbenprächtigen Decke – die ihm Abdalla zum Abschied geschenkt hatte – in den Sand und hoffte, dass er nicht auf einem Skorpion lag.

Auf dem Rücken liegend betrachtete er den nächtlichen Himmel, der hier in der Sahara die Sterne besonders hell und ein wenig blau funkeln lässt. Die Nächte sind im Gegensatz zum glutheißen Tag furchtbar kalt. Jedes Mal, wenn eine Sternschnuppe ihre hell glühende Spur über den Himmel zog, wünschte sich Jens, dass auf seine unbeantworteten Fragen bald Antworten folgten. Es dauerte sehr lange, bis er vor Kälte bibbernd einschlief.

Wie jedes Jahr um etwa dieselbe Zeit war die Karawane vor ein paar Tagen an der Oase vorbeigekommen, um ihre Kamele zu tränken. Auch nahmen sie die schönsten Kamele der Bewohner auf Kommission zum Verkauf mit. Wie jeher war das Ziel der Karawane nicht der Warentransport, sondern der größte Markt für Reitkamele in der Nähe von Alexandria am Nil. Es waren besondere Kamele, die schönsten eines jeden Züchters, sie mussten dem arabischen Ideal entsprechen. Mit ihren glänzenden, zärtlich dreinblickenden Augen, den langen Wimpern und ihrem Augenaufschlag kamen sie einem wie ein unnahbares Topmodel aus der Modebranche vor. Sie sind die Divas der Kamele.

Auf dem größten Reitkamelmarkt Nordafrikas werden sie prämiert und zu immensen Summen zum Verkauf angeboten. Es war jedes Jahr dasselbe Bild, wenn die Kamelhändler an der Oase ihren Stopp einlegten. Das ganze Dorf war in Aufruhr und bestaunte die wunderschönen Tiere und redete auf die Händler ein, die höchstmöglichen Preise für ihre Tiere zu erzielen.

„Ja, da staunst du, die saugen das Wasser wie eine Hochleistungspumpe ein", erschreckte Abdalla Jens, der ganz vertieft die trinkenden Tiere beobachtete.

„Unfassbar, die setzen gar nicht ab, um zwischendurch mal Luft zu holen", gab Jens lachend zurück.

„So um die 150 Liter kann ein Tier in wenigen Minuten trinken. Diese Kamele sind das perfekte Transportmittel hier in der Sahara. Bis zu erstaunlichen 400 Kilo Last trägt ein einzelnes Kamel", erklärte Abdalla und mit einem lauten Lachen ergänzte er, „aber nicht diese eingebildeten Damen. Ihre Schönheit könnte darunter leiden. Sie sind nur Prestigeobjekte und benehmen sich wie Divas."

„Unglaublich, eine halbe Tonne", meinte Jens, während er einem der Tiere zärtlich über das hellbraune, zottelige Fell streichelte.

Der Abschied von Abdalla fiel Jens schwer, als er sich der Karawane anschloss, um nach Alexandria zu kommen. Inzwischen hatte sich ein nicht sichtbares Band einer tiefen Freundschaft zwischen den beiden gebildet. Gleich beim ersten Aufeinandertreffen empfanden beide eine starke Sympathie füreinander, es war jedoch mehr als dies, sie wussten es nur nicht zu deuten.

„Möge Allah dich schützen, dich auf allen Wegen begleiten und zu deinem wahren Ich führen", gab er Jens mit einer herzlichen Umarmung der Freundschaft mit auf den Weg.

Im fahlen Licht des Morgengrauens, dort wo jeden Augenblick die Sonne aufgehen mochte, nicht weit vom Lager entfernt sah Jens die Tuareg bei ihrem Gebet auf ihren Gebetsteppichen im Sand knien, so wie es seit eh und je ihre Tradition von ihnen verlangt.

Danach war der Ablauf immer derselbe: Essen zubereiten, Kamele mit den Trinkwasserschläuchen und dem Gepäck beladen, überprüfen, ob alles festgezurrt ist, und Aufbruch zu einem langen, sehr langen Tag. In diesem Ritual gab es keine, nicht die kleinste Ausnahme und im Vordergrund stand immer das Gebet.

Jens hatte inzwischen gelernt, wie er sein Gesicht mit dem schwarzen Turban, den er als Abschiedsgeschenk von Abdalla bekommen hatte, vor der sengenden Sonne schützen konnte.

Jeden Morgen in aller Frühe begann so von Neuem der scheinbar endlose Marsch der Karawane durch die menschenleere Wüste. Das Landschaftsbild wurde nur durch Sanddünen, die sich zum Teil sehr hoch zu kleinen Bergen auftürmten, unterbrochen.

Es schien so, dass weder Hitze noch Wind oder Staub, ja nicht mal die Eintönigkeit dieser Landschaft, die ihr Gesicht kaum je veränderte, diesen Tieren und den Tuareg etwas anhaben könnten. Ja, es schien sogar so, dass dies den Kamelen und ihren Reitern immer ein Lächeln der Zufriedenheit auf ihre Lippen zauberte.

„Das Leben in der Wüste ist ein Geschenk Allahs", flüsterte Jamal immer wieder unter seinem türkisblauen Schleier vor sich hin.

„Ja, ein Geschenk Allahs an seine bescheidenen und ergebenen Diener", und ritt ungeachtet der Strapazen durch die glühende Sonne.

Jens war dankbar für die Pausen am Nachmittag, bei denen die Tuareg immer auf den Gipfel einer hohen Sanddüne stiegen, von der man einen weiten Blick über die mit Sand überzogene Fläche hatte, ihre kleinen, handgeknüpften Gebetsteppiche auf dem glühend heißen Sand der Sahara ausbreiteten, Allah priesen und um nicht ausgetrocknete Trinkwasserbrunnen baten. Damit ihr Glück vollkommen werde, auch um gelegentlichen Regen und vor allem, dass sie einen guten Verkaufserlös für ihre Tiere erzielten.

Die kleine Karawane zog auch an diesem Vormittag mit gleichbleibendem Tempo Richtung Norden durch die Sahara, ihrem Ziel entgegen. Die ledernen Wassersäcke, Jutebeutel mit dem getrocknetem Kamelmist, der ihnen in den kalten Nächten wärmendes Feuer spendete, und die gut verstauten Lebensmittel wippten gleichmäßig auf den Rücken der Tiere hin und her.

Drei, vier Tagesreisen lagen die überlebenswichtigen Brunnen, die oft so tief gegraben sind, dass das Wasser im dunklen Schlund nicht sichtbar ist, auseinander. Doch schon weit vorher werden die Kamele unruhig und schreien wie unzufriedene, blökende Schafe, es schien, sie rochen das erfrischende Nass aus weiter Ferne.

Je länger er mit der Karawane unterwegs war, bekam Jens das Gefühl nicht los, dass hier in Ägypten in der Sahara überall nur Sand, Sonnenglut und Einsamkeit herrschte. Kein Baum, kein Grasbüschel starrte Jens entgegen und zu allem Übel waren seine Lippen von der trockenen Hitze aufgesprungen, sie schmerzten bei jedem Wort. Doch zum Glück wurde hier mit Worten sehr sparsam umgegangen. Über was konnte er hier auch reden und mit wem? Mit dem tagsüber wortkargen, dunkelhaarigen, schlanken Jamal, der immer an der Spitze der Karawane ritt und die Ruhe genoss? Oder über seine Augen, in denen, immer wenn die Dunkelheit hereinbrach, es blitzte, die so dem hellen, gleißenden Sonnenlicht ihren Tribut zollten?

Nein! Hier war Stille und Geduld gefragt. Es schien keine Veränderung stattzufinden, immer nur fahlblauer Himmel über ihnen, wippendes Gepäck und Sand, nichts als Sand und nochmals Sand, wohin man auch blickte.

Ja, da war noch was: Jens' Hintern schmerzte, die aufgeschürfte Haut brannte wie Feuer, es wurde täglich schlimmer, doch er wollte darüber nicht reden, denn er hoffte, sie würden bald ihr Ziel erreichen, und hatte auch keine Lust, als Weichei zu gelten.

„Hat die Bezeichnung Tuareg eine besondere Bewandtnis?", fragte Jens, während er noch auf einem trockenen Stück Fladenbrot herumkaute, es gut einspeichelte und damit die Verdauung anregte.

„Das von Gott verlassene Wüstenvolk", antwortete Jamal und goss Jens nochmals vom heiß dampfenden Jasmintee nach. Es war schon dunkle Nacht und der getrocknete, brennende Kamelmist wärmte den Männern, die ums Feuer saßen, Brust und Gesicht. Und die Dünen ringsherum bewegten sich im Schein des flackernden Lagerfeuers wie wogende Wellen.

Auch die Sterne funkelten in dieser Nacht besonders klar, so klar, als hätte man sie extra für sie poliert.

„Die Araber haben uns diesen Namen gegeben", erklärte Jamal nach einer kurzen Unterbrechung, „aber das ist schon lange her und heute stört er uns nicht mehr. Nein, im Gegenteil, wir sind ein stolzes Wüstenvolk und sicherlich gläubiger als manch andere", endete Jamal, lachte und klopfte sich stolz auf die Brust. Doch sein helles Lachen und das dumpfe Klopfen wurden umgehend von der dunklen Nacht und dem Sand geschluckt.

Jens sah im Widerschein des Feuers ein in Leder gebundenes, magisches Zeichen, ein Auge, das auf der Innenseite eines Handtellers ruhte, an Jamals Hals glitzern. Dieses Auge blickte ihn durchdringend an. Jamal bemerkte, wie Jens irritiert auf sein Amulett starrte und meinte:

„Das ist Fatima, die jüngste Tochter des Propheten Mohammed", während er es vorsichtig in die Hand nahm und zärtlich und andächtig mit den Lippen berührte.

„Viele von uns tragen ein Amulett von ihr, sie schützt uns vor dem Bösen", und Jens bemerkte, dass die schwarzen, feurigen Augen Jamals noch mehr leuchteten als sonst. Ihm war klar, dass dieses Volk nicht von Gott verlassen wurde. Dieses stolze Volk fühlte sich frei wie der Wüstenwind, den nichts, aber auch gar nichts aufhalten kann.

Nachdem er den Schlaf aus den müden Gliedern geschüttelt hatte, durfte Jens am nächsten Morgen abermals erfahren, wie einsam und menschenleer die Sahara in Ägypten ist. Hier ist Sand, Sand, Sand. Sonst nichts. Und er wusste, dass er nicht hierher gehörte an diesen trockenen, einsamen Ort. Er sehnte sich nach feuchtem Nass. Nach klatschendem Regen. Nach erfrischendem Wasser. So war es nun schon mehrere Tage und Jens hatte es satt. Die Schnauze gestrichen voll. Nur karge Nahrung, das Wasser wurde rationiert, es gab kein festes Nachtlager und was er einatmete, war nicht Luft, nein, es war Gluthitze!

Und dazu kam noch das Gefühl, diese Hitze wolle ihn verschlingen, ihn austrocknen, bis nur noch sein Gebein übrig bliebe, und sich dieses vom warmen Saharawind und dem Sand abgerieben ebenfalls langsam in Nichts auflöste und zu Sand würde, sich vermischte mit den unendlich vielen Sandkörner der Sahara. Und der Baumeister der Wüste, der Wind, formt sie jeden Tag aufs Neue.

Die Kamele blökten selten. Aber in der Nähe von Wasser gab es kein Halten, alle stimmten in den durchdringenden Gesang mit ein und Jens wurde vorsichtig. Sie waren in diesen Augenblicken unberechenbar, wie ein Mann kurz vorm Orgasmus nicht mehr zu stoppen.

Jeder Brunnen, jede Wasserstelle, und war sie noch so klein, besitzt ihren eigenen Namen. Die Tuareg fanden in der trockenen Ebene, die für Jens immer gleich aussah, ohne jegliches technisches Hilfsmittel auf Anhieb das überlebensnotwendige Wasser.

Von einem Augenblick auf den anderen verdunkelte sich der Horizont. Ein gelbliches Licht verbreitete eine gespenstische Atmosphäre.

Stille, eine stoische Stille legte sich über die weite Ebene der Sahara. Auch der allgegenwärtige Wind schlief schlagartig ein.

Dann auf einmal ein Rauschen. Mit diesem unheimlichen Rauschen näherte sich eine braune, kilometerhohe Wand aus Sand. Vom Boden aus stieg der feine, jahrtausendelang feingeschliffene Sand mit kreisenden Bewegungen auf.

Und dann kam leichter Wind auf, wurde stärker und mächtiger und der Sandsturm schlug mit voller Wucht zu.

„Stopp, ein Sandsturm!", schrie Jamal laut und gab eingeübt mit den Händen und Armen wild gestikulierend seine Kommandos, doch der starke Wind riss ihm die Worte von den Lippen.

Im Nu waren alle Kamele in drei Reihen nebeneinander zusammengebunden und Jens und die anderen kauerten sich dicht neben die Tiere, suchten Schutz hinter deren hohen Rücken, die im Sand lagen.

Die Sandkörner stachen wie Nadeln im Gesicht.

Jens wickelte seinen Turban enger um den Kopf, kniff die Augen bis auf einen kleinen Spalt zu. Straffte den Turban so stark, dass er gerade noch einigermaßen atmen konnte. Er sah nichts mehr, es herrschte Dunkelheit unter seinem Turban, doch er konnte spüren, wie plötzlich der heftige Wind wütend brüllte, an ihm zerrte und riss, und er duckte sich noch tiefer hinter den breiten Kamelrücken.

Seine Kleidung fetzte, flatterte und knatterte laut wie eine Maschinengewehrgabe. Wie bei einem Erdbeben riss die Kraft der Natur an seinem ganzen Körper, bewegte ihn hin und her. Feiner Sand drang in jede Öffnung und war sie noch so klein.

Panische Angst machte sich in ihm breit. Jens spürte, wie der Sand ihn umschloss. Immer mehr und mehr, von allen Seiten, und er hatte das Gefühl, er müsse bald im Sand ersticken, würde lebendig begraben.

Wie lange dieser Sandsturm dauerte, konnte Jens nicht sagen, doch es fühlte sich an wie Stunden. Dann, nach dieser gefühlten Ewigkeit, die Erlösung. Jens spürte, wie ihn Hände aus dem Sand befreiten. Jamal!

Jens hatte Sand in den Ohren, den Augen, im Mund … einfach überall und auf der windabgewandten Seite lagen riesige Berge von Sand angehäuft.

Und wieder einmal war klar: Der Herr und Baumeister der Wüste ist der Wind.

Da sich kein Kamel losgerissen hatte, keine Verluste zu beklagen waren, war die Karawane auch schon bald wieder unterwegs, mit einer Gelassenheit, als wäre nichts geschehen.

Und ringsherum taten sich wie gehabt Sandpyramiden, eine geheimnisvolle, wunderschöne Landschaft, auf. Und nur noch der knirschende Sand in Jens' Mund und Ohren war stummer Zeuge des Sandsturms. Und die Luft war auch wieder vollkommen still, so still, als ob der Tag den Atem anhielt, und die Hitze hing wieder wie ein schwerer Vorhang vom Himmel herab und legte sich auf Mensch und Tier.

Die unsichtbare Sonne musste im Zenit stehen, als sie die braunroten, zerklüfteten Gipfel einer Anhöhe erreichten und die Tiere sichtlich unruhig wurden. Plötzlich und unerwartet breitete sich vor ihnen eine weite, scheinbar endlose Sumpfebene aus, auf die sie hinabblickten.

Unvermittelt, wie auf Kommando, riefen sie im Chor, nein, es hörte sich eher an wie ein Gesang, ein fremdartiger Gesang:

„Allah sei gepriesen", wiederholten die Tuareg mit schriller Stimme etliche Male, doch ihre Worte verhallten in der unendlichen Ebene.

Jamals Augen erhellten sich beim Blick auf das satte Grün, das Schilfgras, die Wasserläufe, die wie lupenreine Diamanten in der Ferne glitzerten, sich wie riesige Anakondas, wie flüssiges Silber glänzend, in der Ebene wanden.

„Wir müssen nur noch den Sumpf durchqueren, dann haben wir unser Ziel bald erreicht", sagte Jamal freudig, und die Entlastung war ihm anzumerken.

Jens drehte sich um und schaute auf die trockene, staubige Sahara zurück.

Doch was er nicht wusste und in diesem Augenblick auch nicht geglaubt hätte, ist die Tatsache, dass sich auch da, wo heute Dürre herrschte, vor hunderttausend Jahren überall saftig grüner Urwald mit Tigern, Elefanten, ja allen möglichen Urwaldbewohnern besiedelt erstreckte. Die einzigen Zeugen aus dieser längst vergangenen Zeit sind Versteinerungen oder Skelettteile, die manchmal vom Wind freigelegt werden.

Die ansonsten ruhigen Tuareg sprangen bei diesem Anblick aus dem Sattel und küssten den Boden, priesen immer wieder die Güte Allahs. Und Jens wurde unvermittelt klar, das Schweigen in der trockenen Wüste hat was Magisches, aber die wahre, uneingeschränkte

Macht besitzt das Wasser in diesem Land.

Leichter Dunst hing noch über dem Feuchtgebiet, doch man konnte sehen, wie er den Kampf gegen die Sonne verlor. Abgestorbene Baumriesen, mit schwarzen Wasservögeln besiedelt, verliehen der Landschaft ein gespenstisches Gesicht.

Ja, dieser Sumpf hatte noch seine alte, ursprüngliche Kraft. Noch niemand schien sich an ihm vergangen zu haben. Er ist schön, dieser unheimliche, angsteinflößende Sumpf. Er ist ursprünglich.

Selbst die rötlichbraunen, sanften Kamelaugen blickten nicht mehr so traurig drein. Unter den feuchten, dicken Nüstern schoben sich gleichzeitig die hässlich gelben Zähne hervor und Jens hatte das Gefühl, als wolle sich das Tier bei ihm beschweren. Denn in seinen Augenwinkeln staute sich der Schmalz, an dem sich urplötzlich ganze Invasionen von Fliegen labten. Und das Kamel wusste intuitiv, das Stapfen durch den feuchten Sumpf würde auch kein Spaziergang. Doch es gab keine andere Möglichkeit, hatte Jamal Abiba El Kahal Jens unmissverständlich erklärt.

Jens watete langsam durch den braunen, schlammigen Grund des kleinen verschmutzten Sees, über den eine hauchfeine, fast nicht spürbare Brise wehte. Dann plötzlich überkam ihn auf einmal die Angst. Die Angst vor mächtigen, menschenfressenden Krokodilen, die sicherlich keine Sekunde zögern würden, dieses schmackhafte Frühstück mit ihren kräftigen Zähnen zu töten, um es danach mit dem riesigen Schlund zu verschlingen.

Der modrige Geruch – wie alte, feucht gewordene

Bücher – ließ seine negativen Gedanken an die Krokodile so schnell, wie sie aufgetaucht waren, wieder verschwinden. Seine Angst verschwand aber nicht, nein, sie verstärkte sich. Denn unter jeder Wasserpflanze, hinter jedem Schilfrohr konnte eine Schlange oder irgendein ekelhaftes, giftiges Getier auf ihre Beute, auf ihn, warten.

Der ganze Druck auf ihm wurde durch die aus dem Wasser aufsteigenden, blubbernden und stinkenden Gasblasen verstärkt. Doch schon nach kurzer Zeit war da kein Platz mehr für diese Fantasien. Jens' Füße sanken bei jedem Schritt tief in den morastigen Untergrund ein und er musste seine ganze Kraft aufwenden, sie wieder aus dieser saugenden Masse zu befreien. Der Schweiß lief ihm in Strömen über den ganzen Körper. Seine Haare klebten tropfnass am Kopf, wie nach einem tropischen Regen.

Auch die Kamele sanken knietief in den sumpfigen Boden, der inzwischen weniger aus Schlamm oder Erde, sondern aus einer dicken, alten, vermoderten Laubschicht bestand. Und die durch die Fäulnisbildung bestialisch stinkenden, fortwährend aufsteigenden Gasblasen machten das Ganze auch für die Tiere nicht unbedingt zu einem Sonntagsspaziergang.

Die trockene, glutheiße Sahara hatte Jens viel abverlangt, doch das hier war dagegen die Hölle für Tier und Mensch. Bei jedem Schritt, bei jeder noch so einfachen Bewegung, ja sogar bei jedem Atemzug rann der Schweiß in Strömen, angeheizt durch dieses Saunaklima. Riesige Insekten schwirrten pausenlos um Mensch und Tier herum, angelockt durch die verschwitzte Haut. Bei jedem Moskitostich hatte Jens das Gefühl, als biss der Plagegeist ein Stück Fleisch aus ihm heraus. Und die dicken, stacheligen Blätter der Wasserpflanzen rissen ihnen die Haut auf und krallten sich in ihr Haar.

Schon begannen die ersten Schatten an den Rändern des Mondes zu nagen. Bald würden die Nächte in tiefe Dunkelheit gehüllt sein, dachte Jens und beobachtete, ausgelaugt und todmüde von den Strapazen des vergangenen Tages, heimkehrende Fischer, die ihre Boote auf der gegenüberliegenden Uferseite des Nil festmachten.

Jens schlief in dieser Nacht sehr unruhig. Er schreckte öfters, gejagt durch wilde, unverständliche Träume, aus dem Schlaf auf. Seine Angst vor dem morgigen Tag war größer als die Neugier. Ihre Wege würden sich trennen. Das Ziel von Jamal und der Karawane lag flussaufwärts Richtung Kairo und er musste in die entgegengesetzte Richtung, nach Alexandria.

Alexandria, Ägypten

Hin und wieder fuhr in gemächlicher Geschwindigkeit ein mehrstöckiges, super modernes Hotelschiff nilaufwärts an Jens vorüber. Die mit neugierigen Passagieren voll besetzten Sonnendecks verstreuten neben leiser, gedämpfter Musik auch eine merkwürdige Stimmung, die Jens nicht richtig einzuordnen wusste.

Hier trafen zwei ganz verschiedene Welten aufeinander. Das Nilufer, ein grünes, ruhiges Naturparadies mit seltenen Tieren, auf den Plantagen die einfach gekleideten, arbeitenden Menschen, die um ihren Broterwerb kämpften, und auf der anderen Seite die elegant gekleideten Touristen, die alles fotografierten und filmten, was ihnen vor die Linse kam. Daneben die alten, mit Dreiecksegeln bestückten Holzboote, wie sie schon seit Jahrhunderten auf dem Nil zu Hause sind, boten für Jens einen Kontrast, aber auch irgendwie eine Verbindung zwischen den Zeiten.

Das Wummern der mächtigen Dieselmotoren der modernen Ausflugsschiffe ließ die Reiher, Kraniche und Nilgänse aus dem dichten Bambusrohrgestrüpp unter lautem Protestgeschnatter auffliegen und flüchten.

Die Landschaft hatte sich seit dem Vortag total verändert. Das trockene Wüstenbild wurde durch saftige, gepflegte Felder mit Baumwolle, Reis, Mais und Rohrzucker oder auch Gemüse und Früchten abgelöst.

Aus der Vogelperspektive konnte das Auge diesen seltsamen Anblick so nahe beieinanderliegender und doch verschiedener Welten erst richtig erfassen. Das grüne, fruchtbare Nildelta ist umgeben, nein, sogar eingeschlossen wie das Opfer im Würgegriff einer Anakonda, von der trockenen, lebensfeindlichen Wüste. Der Nil, die lebensspendende Ader, teilt sich im Delta in zwei große Ströme und unendlich viele kleine Kanäle und Flüsse.

Und dann plötzlich taucht im Hintergrund eine riesige, nicht enden wollende Stadt auf, die sich bis zum Ende des Horizonts erstreckt und wie ein Krake in alle Richtungen ausbreitet.

Die Sonne, die an diesem Morgen traurig über der Dunstglocke von Alexandria hing, hatte nicht so diese übermächtige Kraft wie auf der freien Ebene.

Am Rande dieser Stadt verspürte Jens erneut diese innere Angst, er fühlte sich einsam und allein gelassen. Trotz alledem stürzte er sich ins Treiben dieses kochenden Hexenkessels. Die Zitadellen mit ihren verzierten

Türmchen sowie die in der morgendlichen Sonne glänzenden Gebäude, auf die er blickte, dies alles zusammen bildete eine wundervolle Silhouette von Alexandria.

Die Millionenstadt empfing Jens mit Trubel, Lärm und allerlei fremdartigen Gerüchen. Die backofenartige Hitze, die die Stadt ausstrahlte, vermischt mit der Hektik war für ihn nach dieser langen Zeit in der Einsamkeit der Natur fast unerträglich. Er ließ es langsam angehen. Setzte sich auf die nächstgelegene Bank, um sich auf die Stadt einzustellen, sich zu akklimatisieren.

Allein schon die Kleidung sorgte für ein buntes Städtebild. Die Farbvielfalt der lockeren Umhänge, der traditionellen Gewänder mit ihren leicht fallenden Stoffen, kannte keine Grenzen. Türkisblau, schwarz, weiß oder rot, fast jede Farbnuance war vertreten. Ebenso unterschiedlich das Auftreten der Menschen. Männer mit Bärten und kurz geschorenem Haar, Frauen mit verschleierten Gesichtern. Die einen waren zurückhaltend, schon fast eingeschüchtert, dabei strotzten andere wiederum nur so von Selbstbewusstsein, wenn sie an Jens vorbeischritten.

Die Gassen, die er durchschritt, waren eng und wenn er nicht aufpasste, wo er hintrat, fand er sich inmitten von Töpfen und Schüsseln mit ägyptischen Spezialitäten oder Gewürzen wieder. Seltsame, exotische Gerüche, die Jens noch nie in der Nase hatte, kitzelten seinen Geruchssinn.

Er ließ sich von der Stadt einfach so treiben, durch die zahlreichen kleinen Gassen, vorbei an noch kleineren Verkaufsständen und Läden mit allerlei Krimskrams. Jedes, absolut jedes Stück Fußweg wurde für die Auslage genutzt und es wurde lauthals Ware angeboten.

Die großen und breiten Straßen hingegen waren von

Autos, Bussen und Rollern überflutet. Er hatte das Gefühl, alles schiebt alles, jeder schiebt jeden in dieser Stadt, doch alles spielt sich in einer unglaublichen, nicht zu erklärenden Gelassenheit ab.
Diese schillernde Metropole direkt am Nilufer nahm ihn gefangen. Ihre Moscheen mit den mehrstöckigen Kuppeln und Doppelminaretten verbreiteten ein exotisches Flair.

Es war früher Morgen, als plötzlich ein weißer Combi mit gräulichen Punkten auf beiden Seiten unten auf den Türschwellern und einem kleinen Blaulicht auf dem Dach neben Jens anhielt.
Die Nacht hatte er, wohl oder übel, unruhig in einer billigen Absteige verbracht, er konnte sich nicht ausweisen.
Als er in den schon fast blinden, milchigen Spiegel auf der Toilette im Hotel blickte, übergab er sich. Doch trotz heftiger Würgekrämpfe erbrach er nur Schleim. Er brachte nichts anderes hoch. Das, was er gesehen hatte, erkannte er nicht.
„Verdammte Scheiße, ich kenne nicht mal mein Gesicht", schrie er sich selbst an.
Seinem Unterbewussten kam dies irgendwie bekannt vor: Man stürzt ins Bodenlose und niemand kann einen auffangen. Man denkt, man hat alles im Griff, dabei kann man nur darauf reagieren, was das Leben mit einem macht.

Der Polizeibeamte hatte Jens mit aufs Revier geschleppt, schaute ihn kritisch an und sprach wie ein immerwährender, plätschernder Wasserfall auf ihn ein. Doch er verstand kein Wort, nicht eine einzige Silbe.

Ist das hier ein Verhör?, fragte er sich verdutzt. Warum zum Teufel ist dieser Bulle so aggressiv?

Immer wieder redet er mit seiner furchteinflößenden Stimme auf mich ein, doch ich weiß nicht, was er von mir will, ging es Jens durch den Kopf.

„Du gehst mir fürchterlich auf den Keks", sagte er plötzlich seelenruhig zu ihm, wollte ihn aber nicht sichtbar spüren lassen, dass es ihn so langsam nervte.

Ich sollte ihn nicht noch zusätzlich reizen, Benzin ins Feuer schütten. Denn wer weiß, dieser arme Bulle wird sicherlich schlecht bezahlt, ist überlastet und seine Frau geht eventuell fremd, da er so gut wie nie zu Hause ist, dachte Jens und musste bei dem Gedanken ein wenig grinsen, unterdrückte jedoch seine Mimik.

Dann plötzlich, ohne Vorwarnung, machte der Bulle eine Sprechpause, holte dabei eine Zigarette aus einem silbernen Etui, klopfte die filterlose Kippe mindestens ein Dutzend Mal auf die abgeriebene Schreibtischplatte. Lässig steckte er sie sich dann zwischen seine breiten Lippen, leckte daran und spuckte mit spitzer Zunge einen Tabakkrümel aus, zündete ein Streichholz an und hielt es unter die Zigarette, bis sie anfing zu glimmen. Nach ein paar tiefen Lungenzügen blies er Jens gedankenverloren den Rauch ins Gesicht.

„Willst du mich provozieren?", sagte Jens halblaut, jedoch eher zu sich selbst.

Eigentlich wollte der Polizist seit einer geschlagenen halben Stunde nur seine Ausweispapiere sehen und den Grund seines Aufenthalts in Ägypten feststellen, was jedoch durch die Sprachbarriere unüberwindbar schien und zu Missverständnissen führte.

Auf einmal war dieser Bulle wie ausgetauscht. Ganz entspannt.

Der bissige Qualm brannte in Jens' Augen und löste einen Hustenanfall aus.

„Somit wäre auch diese Frage geklärt, ich bin Nichtraucher", kam es ohne zu überlegen über seine Lippen.

Doch der wirkliche Auslöser war nicht der Rauch, es war das, was er erblickte:

Von dem an der Wand befestigten Plakat schauten ein paar Männergesichter auf ihn herab. Und was er hier sah, machte ihn fassungslos, trieb ihm eiskalten Schweiß auf seinen Rücken:

Sein Gesicht zierte ebenfalls dieses Plakat.

Die Schrift darunter konnte er nicht identifizieren, doch die Aufmachung strahlte etwas von einer Fahndungsliste aus.

„Oh ... oh ... das ist kein gutes Zeichen, gar kein gutes Zeichen", sagte Jens irritiert. „Bin ich ein gesuchter Verbrecher?", durchfuhr es ihn blitzartig heiß. „Und kann ich diesem Gesetzesverdreher überhaupt vertrauen?", fragte sich Jens nach kurzer Überlegung noch verwirrter.

„Einen vertrauenswürdigen Eindruck machen sie hier gerade nicht auf mich", sagte er mit fast geschlossenem Mund, für andere nicht hörbar zu sich selbst. Das war das Ergebnis seiner Schnellanalyse.

Egal, ich muss hier schnellstens raus und hoffe, dass er mein besorgtes Stirnrunzeln und den getrübten Gesichtsausdruck nicht bemerkt hat, dachte Jens beunruhigt und einem Puls nahe dem Exitus.

Und da war sie auch schon, die ersehnte Chance zu verduften! Als im selben Moment ein paar weitere Beamte in den Raum, in dem ein berühmter Druck von Van Gogh mit Blumenmotiv schief an der speckigen Wand hing, traten.

Der Schreibtisch hatte auch schon bessere Zeiten gesehen, er war von Gebrauchsspuren übersät und unordentlich, na ja, man könnte eher sagen, sämtliche Papiere lagen kreuz und quer auf ihm.

Wer Ordnung hält, ist zu faul zum Suchen, fiel Jens beim Anblick dieses Chaos abrupt ein und zauberte ein Lächeln auf seine Lippen, es nahm ein wenig seiner Nervosität.

Die beiden Beamten, die hereingestürmt waren, redeten ununterbrochen auf den Bullen, der sich mit Jens beschäftigt hatte, ein. Und plötzlich, wie bei einem Streit, schrien sie wild durcheinander, gingen gemeinsam zu der Frau, die im selben Raum in einer Ecke gedankenverloren vor einem PC saß.

Jens spürte die allgemeine Unruhe, die sich im ganzen Raum ausbreitete. Keiner achtete mehr auf ihn. Er stand langsam und vorsichtig auf, wagte kaum zu atmen, schlich sich ganz unauffällig und ruhig zur Tür und verließ unbemerkt das Büro. Dabei blickte er sich nochmals um, sah, dass die Polizisten immer noch heiß diskutierten, während sie alle auf den Bildschirm ihrer Kollegin starrten und ihn nicht beachteten, und schon stand er draußen im kahlen, grauen und muffigen Treppenaufgang. Er hatte entsetzliche Angst, die ächzende Treppe und die polternden losen Dielen unter seinen Schritten könnten ihn verraten. Als er die knarrende Haustür aufstieß, wehten ihm von der Straße her die fortwährende Geräuschkulisse dieser Stadt und stinkende Abgase entgegen.

Auf der anderen Straßenseite, in einer schmalen Gasse, tauchte Jens im Menschengetümmel und zwischen den Ständen unter, schwamm unbemerkt mit dem Menschenstrom mit.

Wie aus heiterem Himmel verspürte Jens urplötzlich einen stechenden Schmerz an seiner linken Rumpfseite. Der trainierte Oberkörper und die harten Rippen hatten ihn vor dem sicheren Tod bewahrt. Das stilettartige Messer wurde durch die Rippen abgelenkt und verhinderte somit ernsthafte Verletzungen. Die durchstochene Haut und die kleinen Spuren am Rippenbogen erzeugten einen bestialisch brennenden Schmerz. Nichtsdestotrotz biss Jens auf die Zähne, hielt für einen kurzen Moment die Luft an, um nicht laut aufzuschreien. Er wusste zuerst gar nicht, was geschehen war. Alles war innerhalb einer Sekunde schon wieder vorbei.

„Scheiße, jetzt haben sie mich", fluchte er danach, als er realisierte, was geschehen war, er war sich bombensicher, die Polizei ist hinter ihm her. Im letzten Moment, als er sich blitzschnell umdrehte, sah er einen europäisch gekleideten Mann in der Menge verschwinden.

Was Jens jedoch nicht mitbekam: Just in dem Augenblick, als der Fremde mit dem langen, rasierklingenscharfen, nadelspitzen Messer zustieß, wurde er von einem Händler angerempelt und die Klinge trat nicht wie vorgesehen unter dem Schulterblatt in seinen Rücken von hinten ins Herz ein.

Was ihm ebenfalls verborgen blieb, war die Tatsache, dass sich vor ein paar Tagen in einem mit Hightech-Elektronik überfüllten Raum in den USA auf einem der vielen Monitore plötzlich etwas bewegte. Etwas, was sich nicht mehr bewegen durfte. Was eigentlich ausgelöscht sein musste.

Der Mann, der von der Geburtstagsfeier vom Vortag

müde vor diesen unzähligen Bildschirmen saß, wurde durch ein akustisches Signal aufgeschreckt und informierte unverzüglich seinen Vorgesetzten.

Die Satellitenüberwachung machte es möglich, verwanzte Objekte zu orten und seine Bewegungen und den jeweiligen Standort auf einer Weltkarte auf dem Bildschirm zu verfolgen, und dies bis auf den Meter genau. Der Überwachte hatte Glück im Unglück. Seine Bewegungen waren auf wundersame Weise durch ein EDV-Problem bis zu diesem Tag unbemerkt geblieben.

Umgehend wurde ein professioneller Killer, der auf der geheimen Gehaltsliste der Vereinigten Staaten stand, auf seine Spur gesetzt. Doch dieser sogenannte Beamte hatte bei seinem ersten Anlauf in Alexandria seinen Auftrag nicht zu Ende gebracht.

Jens' Instinkt wusste augenblicklich, er musste diesen interkontinentalen Staat, mit der Landbrücke nach Asien, so schnell als möglich verlassen.

Die Katastrophe war über Nacht gekommen und brach jetzt wie eine Flutwelle über ihn herein.

Kapitel 5

Mittwoch, 17. Juni 2015
Der letzte Auftrag

„Codewort Schiff!", flüsterte eine leise Stimme mit ausländischem Akzent in den Hörer.
„Das Schiff liegt ruhig im Hafen", war die prompte Antwort.
„Es ist eine Lieferung an Sie unterwegs. Details zur Sendung erhalten Sie auf dem üblichen Weg. Mit der letzten Verarbeitung waren wir sehr zufrieden", und schon war das Tuten zu hören, das Gespräch war beendet.
Er erhielt immer zuerst einen Anruf, jedoch stets auf einer neuen Telefonnummer. Nach jedem Gespräch entnahm er dem Smartphone sofort die Prepaidkarte und schnitt sie mit der Schere in tausend kleine Stücke. So auch dieses Mal.
Und schon avisierten ein akustisches Signal und ein kleines blaues Fenster auf seinem Tablet den Eingang einer neuen Mail in seinem Postfach.
Auch hier wurden der Anbieter und der Account ständig gewechselt. In diesen Dingen war er penetrant misstrauisch und überaus vorsichtig. Er war wie ein scharfes, aufgeklapptes Rasiermesser, mit seiner immerwährenden Vorsicht und Konzentration beim Durchführen und bei den Vorbereitungen seiner Aufträge.

Die Details zum Verarbeitungsauftrag sowie die finanzielle Abwicklung bekommen Sie per Post: Schließfach FrBa 231.

Seine Aufträge erhielt er nie direkt vom Auftraggeber, sie wurden immer über denselben Vermittler erteilt. Was er jedoch nicht wusste, sein Gefühl ihm aber schon öfters etwas in der Richtung signalisiert hatte, er tat es immer als Berufskrankheit – Übervorsicht – ab, war, dass seine Aktivitäten immer durch einen fast unmerklichen Schatten beobachtet wurden. Sein Schatten, eine Art Aufräumkommando, beseitigte restlos alle Spuren, die er eventuell übersah. Was bei ihm nie vorkam und somit nur eine Vorsichtsmaßnahme des Auftraggebers darstellte.

Somit waren Rückschlüsse zwischen Täter und Vermittler so gut wie ausgeschlossen.

Er betrachtete das Bild des Opfers sehr intensiv. In seinem nahezu fotografischen Gedächtnis ging nichts verloren, auch nicht das kleinste Detail. Den Mann auf dem DIN A5 großen Bild würde er ab sofort jederzeit abrufen können. Er schätzte den gut aussehenden, schwarzhaarigen Mann auf ca. 45 Jahre. Seine leicht gebogene Nase und die fliehende Stirn hatten etwas Besonderes, doch dies interessierte ihn nicht die Bohne. Sein Auftrag führte ihn diesmal nach Nordafrika.

Name und Bestimmungsort sowie ein enges, aber für ihn machbares Zeitfenster waren vorgegeben. Wie immer wurde die Bezahlung in zwei Tranchen aufgeteilt. Die eine Hälfte vor und die andere nach erfolgreicher Erledigung.

Persönliche Daten des Zielobjektes waren beschränkt auf ein oder zwei Eigenheiten, also besondere, wiederkehrende Angewohnheiten. Das war ihm auch recht. Denn eine persönliche Beziehung wollte er nicht zulassen, sei es auch nur durch das Papier. Eine strikte

Trennung zwischen Beruf und Privat war eine seiner wichtigen Prämissen.

Wenn er einen Auftrag zum Eliminieren einer Person annahm, reiste er immer eine bis zwei Wochen früher an den Wohnort des Zielobjektes und studierte akribisch den Tagesablauf der Person. Er ließ sich bei jedem Projekt – so nannte er seine Aufträge – sehr viel Zeit bei der Planung der Ausführung und achtete auf jedes Detail, auf die kleinsten Gegebenheiten.

Im Internet suchte er die Bahnverbindungen Frankfurt – Genua raus.

Umsteigen in Basel und in Lugano kam ihm entgegen. So war seine Spur schwieriger zu verfolgen. Ein Ticket direkt zum Zielort löste er nie. Nein, er kaufte immer separat, nur für jede Etappe eines. Und die Bezahlung wurde auch nicht per Karte erledigt, er bezahlte immer in bar. In Genua würde er das Schiff bis Alexandria nehmen.

Für diesen Auftrag entschied er sich für den italienischen Pass, mit dem wohlklingenden Namen Angelo Lorenzo. Ein Grinsen huschte über sein Gesicht, als er das Foto im Pass erblickte.

„Ja, dieses Foto muss ich demnächst auch wieder auf den neuesten Stand bringen", bemerkte er. Dabei war es erst fünf Jahre alt, doch diese hatten an seinem Aussehen genagt und ein paar Alterungsspuren in seinem Gesicht hinterlassen. An seiner durchtrainierten Figur und seiner Fitness hatte sich absolut nichts verändert. Das tägliche Training trug seine Früchte.

In Lugano blieben Angelo 20 Minuten Zeit. Der Anschlusszug war noch nicht eingelaufen. Der kleine, etwas altertümlich wirkende Bahnhof lag auf einer Anhöhe und er genoss den Ausblick auf den Luganer See, der sich wunderbar in die schöne Landschaft einfügte, während er auf einem Sandwich, mit Greyerzer Käse und einem Salatblatt belegt, genüsslich kaute. Das Salatblatt war ihm wichtig, denn das verstärkte das besonders würzige Aroma seines für mindestens sechs Monate gereiften Lieblingskäses auf eine besondere Art auf seiner Zunge. Neben sich auf der Holzbank lag sein Rucksack. Bei diesem Auftrag reiste er als Rucksacktourist und führte eine große Menge Bargeld mit sich, viel mehr als sonst. Da er sein Handwerkszeug, ein Gewehr, nicht mitnehmen konnte, musste er sich vor Ort etwas Passendes besorgen. Dafür zahlte er gerne etwas mehr, denn ein schweigender Mund verlangt immer ein Vielfaches des normalen Preises.

Normalerweise reiste sein benötigtes Handwerkszeug gut getarnt als Luft- oder Seefracht voraus, doch der vorgegebene Zeitplan bei diesem Auftrag war dafür zu eng ausgelegt. Nun, diese Situationen genoss er besonders. Neue, schwierig zu lösende Herausforderungen belohnten ihn immer mit einem erfüllenden Glücksgefühl. Die Aufgabe konnte Angelo nicht schwierig genug sein.

Am späten Nachmittag stieg Angelo bei strahlendem Sonnenschein in Liguriens Hauptstadt Genua aus dem Ferrovie dello Stato/Trenitalia an der Haltestelle Genova-Marittima aus. Seine von der langen Zugfahrt verkrampfte Muskulatur dankte ihm den kurzen Fußmarsch zum Hafen runter.

Das Ligurische Meer verströmte seinen besonderen Geruch und die großen, surrenden Containerkräne kündeten den Hafen schon weit vorher an. Geschäftiges Treiben erfüllte die Luft. Fracht- und Containerschiffe lagen an der Pier, wurden be- und entladen. Er konnte deutlich wahrnehmen, dass hier Zeit Geld bedeutete, die Schiffe wurden im Eiltempo abgefertigt.

Das Summen der Elektromotoren wurde nur noch vom tiefen Brummen der gigantisch großen Brummis übertönt, die schwarze Dieselwolken ausatmeten.

„Buongiorno. Il Passaporto per favore, Signori", sagte der junge Angestellte und sah ihn abwartend an.

„Signore Lorenzo, Ihren Pass müssen Sie beim Betreten des Schiffes dem Kapitän aushändigen. Sie bekommen ihn bei Ankunft im Zielhafen vom Kapitän wieder zurück", sagte er, nachdem er eine Kopie auf dem etwas älteren, grauen Fotokopiergerät gezogen hatte und die Abdeckplatte mit einem lauten Knall zuschlagen ließ.

„Dov'e' l approdo de la nave? Wo befindet sich der Anlegeplatz vom Schiff?", fragte er in perfektem Italienisch.

„Signore Lorenzo, es ist nicht weit zur Landebrücke. Wenn Sie das Gebäude verlassen, auf der rechten Seite liegt das Containerschiff „ Petro-Mare". Sie erkennen es an der grünen Bemalung des Deckaufbaus. Leider sind wir im Zeitplan um einen halben Tag hinterher. Das Schiff wird erst morgen am späten Vormittag auslaufen. Sie können diese Nacht aber schon auf dem Schiff schlafen", antwortete der junge Mann, während er eine Quittung für das bezahlte Ticket und die obligatorische Versicherung ausgestellt hatte.

„Die Versicherung ist Pflicht, Signore Lorenzo. Da kein Arzt an Bord ist und das Schiff im Krankheitsfall eventuell den nächstliegenden Hafen anlaufen muss, sind damit alle Kosten, die dadurch zusätzlich auf die Reederei zukommen, gedeckt", erklärte er ausführlich mit wichtiger Miene.

„Molte grazie pela tuto. Ciao", bedankte er sich und

unterstrich mit einer eleganten Handbewegung den Dank.

Angelo meldete sich zum Einschiffen beim Kapitän, übergab seinen italienischen Pass und ließ sich die Kabine zeigen. Er war sich klar, dass auf so einem Kahn kein Luxusurlaub möglich war. Die Kajüte war mit allem Notwendigen ausgestattet und er schloss den Rucksack, den er nur mit aller Gewalt in den schmalen Tresor zwängen konnte, ein.

Außer ihm waren noch zwei weitere Passagiere an Bord, hatte er vom Kapitän erfahren. Die zwei australischen Studenten mussten ihr Portemonnaie schonen. Sie gehörten nicht zur Gilde der Reisenden, die authentisch und spannend Urlaub auf dem Schiff, fernab von Dresscode, Kapitänsempfang, all-inclusive, Animation und was es sonst noch für Schickimicki gab, macht. Die Mitfahrgelegenheit war einfach günstig und die Reederei bekam dabei auch noch ein paar Euros in die Kasse gespült.

Da Angelo Lorenzo sich für die nächsten beiden Tage auf See befinden würde, wollte er sich die Beine vertreten. Er latschte am Holiday Inn vorbei bis zur Via Antonio Cantore, die sich schon wieder außerhalb des Hafengeländes befand.

Das Steak, innen noch blutig, und die Salzkartoffel, die er in der Taverna Via Antonio Cantore zu sich nahm, besänftigten seinen knurrenden Magen. Es blieb ihm danach noch genügend Zeit, sich das Hafengelände bis zur Piazza de Ferrari anzusehen. Danach kehrte er müde zum Schiff, vorbei am gut besetzten McDonald's, zurück.

Angelo schlief unruhig. Sehr unruhig. Das ungewohnte Schaukeln irritierte seinen Gleichgewichtssinn und das stetige Brummen irgendeines Aggregates war immer präsent.

Angelo stand sehr früh am Morgen an der Reling und sog die frische, salzige Luft tief in seine Lungenflügel. Er frühstückte schon immer sehr dürftig. Das etwas gummige Pane, das ihm der Koch offerierte, war auch nicht unbedingt sein favorisiertes Frühstücksbrot. Angelo vermied einen intensiven Kontakt zu den übrigen Passagieren und der Mannschaft, die aus etwa 6 Mann bestand. Nein, man wusste ja nicht, unter welchem Stern das bevorstehende Projekt stand. Je weniger sie ihn zu Gesicht bekamen, desto weniger persönliche Fragen wurden gestellt. So fütterte Angelo mit dem nicht vertilgten Brot die laut schreienden Möwen, die sich sturzflugartig auf die im Meer schwimmenden Brotstücke stürzten.

Mit einem kurzen Ruck, einer mächtig schwarzen Dampfwolke, die aus dem Schlot in den strahlend blauen Himmel über dem Ligurischen Meer gespuckt wurde, und einem tiefen Wummern des PS-starken Schiffsmotors setzte sich das Frachtschiff langsam in Bewegung.

Ein letzter Blick auf den Hafen mit dem wie ein Wasserturm anmutenden Kontrollgebäude, mit der dunklen Glaskuppe und dem am Turm anliegenden, kleinen Gebäude auf kleinen Stelzen verabschiedete sich Angelo Lorenzo von der ligurischen Hauptstadt Genova. Noch eine halbe Stunde lang konnte er die endlosen vielen Hochhäuser der traditionsreichen Hafenstadt, die die warme Morgensonne mit einem gelblichen Rot überzog, erblicken.

Die nächsten beiden Tage verbrachte Angelo Lorenzo alleine in seiner schmalen Kajüte und studierte die neueste Jahresausgabe des Waffenkatalogs „Armas". Nur wenn es nicht zu umgehen war, aß er mit der Besatzung und den anderen Passagieren zu Mittag, verabschiedete sich jedoch schnellstmöglich auf „französisch", still und heimlich.

Die See war ruhig und der Schiffsmotor brummte monoton, als er in der zweiten Nacht auf Deck stand.
„Ja, ich bin einfach nicht gerne in Gesellschaft, fühle mich mit mir allein wohler. Das war schon immer so und ich kann und will mich auch nicht anpassen. So wie ich bin, bin ich o. k.!", flüsterte Angelo zu sich selbst, und die hellen Sterne am afrikanischen Himmel über ihm funkelten ihm bestätigend zu.
Plötzlich und unerwartet wurde Angelo aus seinen Gedanken gerissen. Er vernahm ein unangenehmes, schrilles Pfeifen und sah etwas aus dem dunklen Nachthimmel in nicht allzu hoher Höhe mit rasender Geschwindigkeit auftauchen und auf das Schiff zufliegen.
Doch bevor er es richtig wahrnahm, durchzog auch schon eine Woge der Verwüstung das Schiff. Mit ohrenbetäubendem Lärm explodierte das gesamte Vorderschiff. Metall barst, wurde in einzelne Stücke gerissen und durch die Luft geschleudert. Zuerst dachte er an eine Sinnestäuschung, es konnte einfach nicht Wirklichkeit sein. Doch der verbrannte Kerosingeruch überlagerte alles und er wusste, dass sich ein Unheil anbahnte. Ohne zu überlegen, rannte Angelo im heillosen Durcheinander zwischen den umherirrenden, verletzten, schreienden Personen durch die lodernden Flammen in seine Kajüte, nahm den Rucksack und sprang mit einem Rettungsring in der Hand über Bord in die kalten Wogen. Er schlug wild und panisch mit beiden Beinen ins Wasser und hielt sich am Rettungsring vor sich fest.
„Ich muss so schnell wie möglich vom sinkenden

Schiff wegkommen, sonst zieht es mich mit in die Tiefe", sagte ihm sein gut geschulter Instinkt.

Das Attentat auf das Schiff galt nicht ihm, nein, es galt den illegal transportierten, neuesten Waffensystemen.
Es zeugte von großem Glück für Angelo, dass die moderne ferngesteuerte Rakete ihr Ziel am Bug und nicht in der Mitte traf.
Das Letzte, was er bewusst wahrnahm, war das lichterloh brennende israelische Schiff, das mit einem gewaltigen Zischen und ohrenbetäubendem, blubberndem Lärm urplötzlich vom Meer verschluckt wurde.

Oberlausitz, Deutsche Demokratische Republik 1983
Die Wurzeln

Für Jens war es die glücklichste und unbeschwerteste Zeit. Die Zeit, die Ferien bei Oma Anna auf dem Lande in Soland. Einem kleinen, verschlafenen Ort, der eingebettet von außergewöhnlichen, faszinierenden Landschaften mit sanften Höhenzügen und bizarren Felsformationen in der Oberlausitz, heute im Länderdreieck Deutschland, Polen und Tschechien, liegt.

Sein Opa, Otto Janke, war in Russland an der Front im sinnlosen und ebenso aussichtslosen Kampf um Stalingrad gefallen. Seither lebte Anna alleine im alten Bauernhaus, zog Lena, Jens' Mutter, das einzige Kind der beiden, mit vielen Entbehrungen groß. Oma Janke, die durch den Krieg viel Leid erlebt hatte, wollte sich nicht mehr binden und nur für ihre Tochter da sein.

Schon in seinen ersten Ferien bei Oma Anna spürte

Jens, dass hier die Uhren anders tickten. Das erste Mal in seinem Leben durfte er erfahren und andeutungsweise fühlen, was mütterliche Liebe bedeuten kann.

Seine Eltern, Lena und Bertram Jasper, beide waren berufstätig, kamen immer erst sehr spät abends nach Hause und am Wochenende waren sie meistens für die Partei unterwegs.

Bertram Jasper, sein Vater, war am Erich-Honecker-Gymnasium als Lehrer tätig, wo er die Fächer Staatskunde und Sport unterrichtete. Als überzeugter Stasi-Mitarbeiter hatte Bertram etliche Möglichkeiten, seine Schüler und Eltern ohne jeglichen Verdacht auszuspionieren.

Sobald er bei einem Schüler nur die geringste Veränderung bemerkte, hakte er sofort nach und ging der Sache auf den Grund und erweiterte seinen Bericht, den er einmal im Monat an die Obrigkeit ablieferte.

Seine Mutter Lena, die ihre langen Haare immer streng nach hinten fest zu einem Knoten zusammengebunden trug, somit meistens einen fettigen und ungepflegten, lieblosen Eindruck hinterließ, huldigte ebenfalls dem Lehrkörperberuf, und das war sie auch. Leer, kalt und lieblos, was ihre große, schwarze Erich-Honecker-Brille nach außen hin unterstrich. Sie besaß die Ausstrahlung eines toten Fisches und genoss es, wie auch ihr Mann Bertram, Schüler bloßzustellen, ihr Selbstvertrauen zu vernichten.

Und irgendwie spürte Jens, es war ein Gefühl, das nur Kinder haben, dass irgendetwas zwischen ihnen stand. Zwischen den Eltern als auch zwischen ihm und den Eltern. So empfand er es zumindest, und Kinder empfinden immer goldrichtig.

Seine Eltern heirateten, kurz nachdem sie sich kennengelernt hatten.

Lena trug vor der Heirat Jens bereits in sich. Sie war aber nicht von Bertram schwanger. Eine vage und doch vorhandene Ahnung schlummerte in Bertram, kochte immer wieder mal hoch. Aber Bertrams Feigheit ließ ihn das Thema nicht ansprechen, er versteckte sich lieber hinter der harten männlichen Maske. Diese Tatsachen waren sicherlich auch die Hauptmotivation der Eltern für den Einstieg in die große Stasi-Karriere, die Ablenkung von den eigentlichen Problemen.

Diese Karriere, von der niemand wissen durfte, war auch die einzige echte, tiefe Verbindung zwischen dem Ehepaar. Sie war quasi ihr Lebenselixier, die Bibel ihrer Berufung und stand unantastbar über allem. Es war ihre Art der Liebe, ihre Liebe.

Jens hatte diesen widrigen Umständen zu verdanken, dass er nie richtig erfahren durfte, was Geborgenheit, was Geliebtsein in der Familienbande bedeutet. Für ihn bestand diese aus einem stetigen Kampf um Anerkennung und um Macht, um Liebe auf diese Weise zu erhaschen. Der Vater behandelte ihn immer mit Distanz und die Erziehung bestand aus einem Wort: *Tadel*.

Mutter Lena schwankte irgendwo zwischen schlechtem Gewissen und gespielter Mütterlichkeit.

Ganz tief im Inneren der Jaspers ruhte stark verankert der sehnliche Wunsch, irgendwann in höhere Sphären, ins Politbüro, aufzusteigen und für ihre Chefin Margot Honecker, die zuständig für Bildung war, zu arbeiten. Um diese Zeit kursierte der Spruch: Es gibt nur einen Gott, Margot.

Und da gab es in Jens' frühester Kindheit noch eine dunkle, sehr dunkle Zeit, eine Sonnenfinsternis.

Im Säuglingsalter von 6 Monaten wurde er in eine

Ganztagskita gesteckt, da beide Elternteile durch ihre Berufstätigkeit und durch die Parteiarbeit voll und ganz ausgelastet waren.

„Ihr Sohn Jens ist irgendwie gestört! Sein Verhalten ist einfach nicht mehr tragbar. Er ist immer unruhig, schreit und verhält sich aggressiv gegenüber den anderen Kindern, er kann sich gar nicht integrieren", beschwerten sich die Betreuerinnen immer wieder bei dem Ehepaar Jasper.

So wurde später immer häufiger die Kita gewechselt, bis sich seine Eltern irgendwann, total genervt, nicht mehr zu helfen wussten und ihn mit fünf Jahren zur Untersuchung in eine staatliche Nervenheilanstalt einlieferten.

„Jens muss unbedingt therapiert werden", erklärte der leitende Psychologe und teilte ihnen mit, dass eine renitente, autoaggressive und unzugängliche Persönlichkeitsstörung ihres Kindes vorliege.

Lena und Bertram Jasper überließen ihr Kind den guten Händen der staatlichen Nervenheilanstalt, die ihr Bestes gab, um ihn auf den richtigen Weg im Sinne der Deutschen Demokratischen Republik zu bringen.

So ergab es sich öfters, wenn Jens ausflippte und aggressiv gegenüber den Pflegern oder anderen Insassen wurde:

Er wurde in eine Badewanne mit kaltem Wasser gesetzt, in das sie zur zusätzlichen Kühlung Eiswürfel schütteten. Dies, bis er ruhig, meist jedoch ohnmächtig mit blauverfärbten Lippen wurde, danach wurde er ins Bett verfrachtet und an diesem mit Lederbändern fixiert.

Die Therapie dauerte ein langes Jahr, ein sehr langes Jahr, und Jens beschritt gerade das sechste Lebensjahr, als er schlussendlich wieder nach Hause durfte.

Sein Instinkt und seine Erfahrung hatten ihm aus dieser Lektion beigebracht, dass es besser war, ruhig zu sein, nicht zu reden, zuzuhören. Ab diesem Zeitpunkt wurde er auch in Ruhe gelassen.

Mit sieben erfolgte dann die obligatorische Einschulung.

„Siehste Lena, unsere Psychologen sind besser als die aus dem Westen, die immer nur reden und diskutieren, unsere handeln und erreichen was", sagte Bertram mit Stolz erfüllt auf den Deutschen Demokratischen Staat zu seiner Frau, als Jens in der Schule kein auffälliges Verhalten mehr an Tag legte.

Jens hatte einen anderen, seinen eigenen für ihn gangbaren Weg finden müssen. So war es nie sein Ding, anderen die Butter vom Brot zu kratzen, wie die meisten seiner Schulkollegen es taten.

Im Sport brillierte er, war meist der Beste. Im Gegensatz zu den Mitschülern aber trieb ihn nicht sein Ego, das ihn zu Bestleistungen brachte. Es war die pure Lust an der Ablenkung.

Beim Schießen war er der absolute Könner, der neue Stern am Himmel, was ihn später dann auch beim Militär in eine Eliteeinheit der Scharfschützen steuerte.

Während der ganzen Schulzeit und auch danach sonderte sich Jens ab, hatte und wollte keine Freunde. Sein Erlebtes im Arbeiter- und Bauernstaat hatte viel Misstrauen in ihm zum Keimen gebracht und war auf sehr fruchtbaren Boden gefallen.

Trotz allem aber gab es in Jens Jaspers Kinderzeit einen Lichtblick. Dieser begann jeweils mit dem ersten

Ferientag, wenn er bei Oma Anna auf dem Land sein durfte. So wurde es für ihn zum Ritual, schon auf der Hinfahrt mit dem Zug seine Augen zu schließen, und in den rosigsten Bildern malte er sich den Aufenthalt auf dem Bauernhof aus.

Er hörte den rauschenden Wind in den alten, knorrigen Bäumen, er sah die gackernden Hühner, die Hasen mit ihrem weichen, seidig glänzenden Fell, das alte grunzende Schwein hinter dem Haus, die unendlich weiten Felder und Wiesen, mit den immer emsigen und summenden, Nektar sammelnden Insekten. Er roch den würzigen Duft des frisch geschnittenen Grases. Der kleine, runde Feuerwehrteich, inmitten der winzigen Gemeinde, mit seinen ohrenbetäubend quakenden Fröschen und den riesigen, goldgelben Karpfen, die an Weihnachten immer frittiert auf dem Tisch lagen und traurig mit ihren leblosen, toten Augen schauten. Doch am meisten freute er sich auf Marie. Marie, die Tochter des Nachbarn.

Marie mit ihren immer strahlenden, tiefblauen Augen, schmalen Lippen und dem goldgelben, schulterlangen Haar war schon alt, sehr alt, ein ganzes Jahr älter als er. Sie wohnte nicht weit von den Großeltern in unmittelbarer Nähe, nur einen Steinwurf entfernt. Als er sie kennenlernte, er war gerade mal sieben Jahre alt, mochte er sie nicht. Nein, er mochte sie gar nicht. Sie war ihm zu aufdringlich, zu zutraulich und wollte immer nur mit ihm reden, reden und nochmals reden. Wie er das hasste, das dumme, unnütze und lästige Gerede.

„Diese dumme Kuh, lässt mich einfach nicht in Ruhe", beschwerte er sich einmal bei Oma, als sie ihn mit ernster Miene fragte:

„Was ist denn los mit dir, Jens, du bist so wütend?"

Doch aus der Feindseligkeit wurde bald eine

Freundschaft, eine Kinderliebe. Die Liebe ist wie ein Haus mit vielen Zimmern und eines dieser Zimmer durfte Jens betreten. Dies war wohl die einzig echte Liebe, die Jens je einging.

Marie konnte nämlich auch zuhören, und wie sie das konnte. Ohne irgendein Wort oder einen Kommentar hörte sie hin, wenn er über seine dunklen Erlebnisse, seine Albträume berichtete.

Sie unterbrach ihn niemals, sondern schaute interessiert und mitfühlend in seine schwarz glänzenden, verletzten Kinderaugen. Bei ihr konnte er auch weinen, was für ihn ansonsten ein Fremdwort war. Nein, er zeigte niemals Schwäche. Er wollte stark und hart sein wie ein echter Mann. Die Deutsche Demokratische Republik braucht echte Männer! Und nicht so verweichlichte Softies wie im Westen. So hatte er es auch gelernt und fast täglich gehört.

Ja, Marie nahm bei ihm – neben Oma natürlich – eine Sonderstellung ein. So hatte sie ihn, als er einmal kurz vor Ferienende mit ihr bei nassem, regnerischem Wetter auf dem Heuschober im frisch duftenden Heu saß, in den Arm genommen und fest gedrückt.

„Lass das, ich mag das nicht!", zischte er und stieß sie aggressiv weg.

Doch das war dann auch der Augenblick, als sich bei Jens sämtliche Schleusen öffneten, aller angesammelte Unrat aus ihm herausbrach, die aufgebaute Schutzwand zum Einsturz brachte und er laut anfing zu schluchzen:

„Ich will nicht zurück nach Hause zu meinen Eltern. Ich will hierbleiben bei Oma. Ich gehe einfach nicht mehr zurück!", gab er laut schluchzend mit tränenüberströmtem Gesicht von sich.

Ab diesem Tag hatte Jens Marie voll in sein Herz geschlossen.

Das alles und vieles mehr füllte sein Herz mit Freude, schon auf der Zugfahrt zur Oma Anna, ließ es schneller schlagen und sein Blick wurde weich und warm. Das gleichmäßige Rattern der eisernen Räder auf den Gleisen, die an den Waggons vorüberziehende Landschaft war in diesen magischen Augenblicken inexistent, weggewischt. Gab es nicht mehr.

So war es auch diesmal, als er auf dem Weg zu seiner Oma im Zug saß. Er verließ seine Vorfreude, den süßen Traum, nur für einen kurzen Moment, um die mit Käse belegten, in Butterbrotpapier eingeschlagenen, dunklen Brote auszupacken. Um dann schon wieder gedankenverloren auf dem trockenen, dunklen Brot kauend sich im Kopfkino verlor. Hin und wieder nahm er einen Schluck vom warmen, selbst aufgebrühten Pfefferminztee aus der alten Aluminiumthermoskanne.

Am späten Nachmittag lief der Zug pünktlich, wie es sich für einen Deutschen Demokratischen Zug gehörte, ein. Doch da stand Jens, er konnte die Ankunft nicht ruhig sitzend abwarten, bereits schon über eine halbe Stunde lang vorher am Ausgang des Waggons. Hier konnte man das Rattern und Quietschen der Anhängerkupplung des Wagens besonders laut hören. Die Geräuschkulisse war so enorm, dass ein Gespräch schier unmöglich war. Doch das alles interessierte Jens nicht, nein, er nahm es nicht wahr, nicht einmal den sonderbaren Geruch vom Schmierfett der Waggonpuffer und der Kupplung.

Die kleinen Scheiben der metallenen Eingangstür waren milchig und mit Staub überzogen, sodass er sich sehr stark konzentrieren musste, um mitzubekommen, wie

weit entfernt er sich noch vom Bahnhof befand. Dann endlich kam das erlösende Ruckeln und Quietschen und der verbrannte Geruch der Bremsen. Er musste sich am Haltegriff festhalten, um nicht hinzufallen, riss die schwergängige, quietschende Tür auf und war in einem Satz draußen auf dem Bahnsteig in Schirgiswalde.
Der Bus nach Soland, der nach zehnminütiger Fahrt am Zielort ankommt, stand schon abfahrbereit vor dem Bahnhof.

Jens hatte inzwischen seinen 14. Geburtstag gefeiert, wusste aber nicht, dass diese Ferien bei Oma Anna seine letzten sein würden.
Oma wartete bereits an der einzigen Bushaltestelle in Soland mit ihrem breiten und warmen Lächeln auf ihn. Sie drückte Jens so stark an ihre großbusige, weiche Brust, dass er fast keine Luft mehr bekam.
„Schön, mein Schatz, dass du da bist, ich habe dich sehr vermisst", hörte er nur undeutlich, eingebettet in massige Brüste.
Warme, entlastende Tränen liefen über seine Wangen und versiegten in der alten, selbst gestrickten Jacke der Oma Anna, die ein wenig nach Mottenkugeln roch.
Als sie im uralten, grauen Trabi Richtung Bauernhaus auf der löchrigen, schlecht asphaltierten Straße unterwegs waren, wurde Jens bewusst, dass der Zahn der Zeit auch an seiner Oma seit den letzten Ferien nicht haltgemacht hatte. Dicke, wulstige Tränensäcke und die inzwischen schlohweißen Haare zeugten von einem betagten Alter. Oma fuhr auch nicht mehr so rund und rasant wie früher mit dem „brum-bumbumbum-brum-bumbumbum" knatternden Zweitakter. Sie kam ihm irgendwie müder und ausgelaugter vor.

„Dein Lieblingsessen, Pfannkuchen mit Apfelkompott, wartet bereits im Herd auf dich", sagte sie mit einem breiten Lächeln und schaute ihn dabei liebevoll an.

„Hhm ... lecker, lecker. Danke, Omi, du bist einfach die Beste", und strich ihr mit der Hand über den Oberarm. Ja, auch Jens war inzwischen erwachsener, leider schon zu erwachsen mit seinen nicht mal 15 Lenzen.

Vor dem in die Jahre gekommenen Haus angekommen bog Oma in den ansteigenden Abstellplatz hinter dem Bauernhaus. Und schon riss Jens, bevor der Wagen stillstand, den uralten, kleinen, abgestoßenen Lederkoffer von der Rückbank runter und rannte durch den mit Stockrosen umrandeten, mit bunten Blumen, Gemüse, Salat und Kräutern bestückten Bauerngarten Hals über Kopf ins Haus.

„Lecker, lecker, niemand kann so gute Pfannkuchen wie du zubereiten!", sagte er mit vollem Mund und schob schon den nächsten Bissen nach.

„Jens, wie oft habe ich dir schon gesagt, dass man mit vollem Mund nicht spricht und jeden Bissen langsam und gut kaut", erwiderte sie laut lachend und fuhr ihm mit der Hand liebevoll über seine schwarzen Locken.

Die dunkle Küche mit ihren kleinen Fenstern strömte einen eigenen, irgendwie beruhigenden Geruch für Jens aus. Es war der Geruch der Jahre, den die alten Möbel, die Wände, einfach alles im Haus von sich gaben.

„Blopp ... blopp ... blopp" erduldete der alte, aus Stein gefertigte Spülstein jeden Tropfen mit seiner dumpfen, kaum hörbaren Antwort des tropfenden Wasserhahns immer noch. Es hatte sich nichts verändert, in diesem Gebäude stand die Zeit einfach still. Hier gab es keine Sekunden, Minuten oder Stunden. Hier dominierten andere Werte. Hier war es, wie es immer war, und das Hier und Jetzt schluckte die Zeit, löste sie auf.

Sobald die Schatten länger, die Tage kürzer wurden, wusste Jens, die kalte, frostige Zeit bei seinen Eltern kam unwillkürlich.

Jedes Mal aufs Neue fiel ihm der Abschied von Oma Anna furchtbar schwer. Es war wie ein tonnenschwerer Mühlstein, der ihn, seine Gefühle, in die Tiefe, in die Finsternis zog. Es gab keinen Ausweg.

Sein Herz, nein, die ganze Brust verengte sich. Die kalte, lieblose Zeit würde bald wieder sein stetiger Begleiter sein. Wenn er dann im Trabi zum Bahnhof saß, blickte er nie, gar nie zum viel geliebten Ort zurück. Er konnte es einfach nicht, hätte er dies auch nur einmal getan, wäre er hundertprozentig bei der herzensguten Omi, die ihn angenommen und geliebt hat, geblieben. Jens hätte sich einfach geweigert, zu seinen lieblosen Eltern nach Hause zu fahren.

Kurz vor Ferienende blieb Oma Anna den ganzen Tag über im Bett. Als Jens ihr kreidebleiches Gesicht erblickte, überkam ihn Angst.

„Oma, was ist mit dir los? Du liegst seit gestern im Bett, isst und trinkst nichts", sagte er mit angespannter, ängstlicher Stimme.

„Mein lieber Junge, ich glaube, die Zeit ist gekommen, ich darf zu meinem Mann gehen, er wartet schon eine Ewigkeit auf mich.

Ja, ich muss dich leider bald verlassen und werde nie wiederkommen", dann machte Oma Anna vor lauter Erschöpfung eine Pause, atmete ein paarmal tief ein und sagte mit zitternder Stimme:

„Verspreche mir, wenn ich nicht mehr bin, dass du

deinen Eltern nicht böse bist und ihnen vergibst. Sie haben sicherlich einen Grund, warum sie so hart und streng zu dir sind."

Mit diesen Worten sank Oma Anna kraftlos in ihr großes Kissen zurück.

Der Arzt kam und erkannte mit Schrecken die ersten Anzeichen einer tückischen, schleichenden Lungenkrankheit. Oma schwand täglich mehr und mehr dahin. Selten stand sie auf. Tagelang ruhte sie auf ihrem alten, dunklen Holzbett am offenen Fenster und blickte gedankenverloren hinaus auf die grünen Wiesen. Und bereitete sich auf die lange Reise in die unbekannten Sphären vor.

Die Eltern von Jens waren informiert und schon angereist.

Es war Nachmittag, der Abend brach herein und die letzten Strahlen fielen auf die ergrauten Haare der Oma, als sie fürchterlich zu husten begann. Jens' Mutter saß auf einem Stuhl neben dem Bett und sein Vater stand an der Fußseite des Bettes.

Jens, der lange Zeit neben ihr gewacht hatte, nahm schweigend Platz auf dem weichen Bett. Omas warme Hand ruhte in seiner kleinen Kinderhand. Die Oma glühte fast im Fieber und Jens spürte einen unerträglichen Schmerz.

Dann, augenblicklich, richtete sich die Oma auf:

„Jens, ich habe die Englein gesehen, dorthin gehe ich sehr bald und vergesse nicht, ich habe dich sehr lieb", hauchte sie kraftlos.

Jens konnte nur mühsam die Tränen zurückhalten. Er kniete sich vor das Bett und faltete die Hände, so wie er es im Religionsunterricht gelernt hatte. Im selben Augenblick, als die Dorfglocken die Mitternachtsstunde

verkündet hatten, schlug die Oma nochmals ihre großen, blauen Augen auf und flüsterte mit zittriger Stimme:
„Seid lieb zueinander."
Ein hell strahlendes Lächeln flog über ihr Gesicht, dann schlossen sich die hellblauen Augen für immer.
Fassungslos kniete die ganze Familie vor Omas Bett und betete.
Als Oma starb, durfte Jens feststellen, dass zwischen Leben und Tod ein kleiner, undurchsichtiger Schleier hängt, und dieser sich im Augenblick des Todes für einen ganz kurzen Moment öffnet und man das wahre Angesicht des gehenden Menschen für eine Millisekunde sehen kann.

Der Morgen dämmerte bereits, der Schrei des Hahns verkündete den Tag, als Jens' Vater seine Schwiegermutter im Wohnzimmer aufbahrte, so wie es der alte Brauch verlangte. Fast das ganze Dorf kam vorbei, wollte Oma Anna nochmals sehen, Totenwache halten und den Hinterbliebenen ihr Beileid aussprechen.
Auf dem kleinen Dorffriedhof hinter der Kirche herrschte eine feierliche Stille, als alle Dorfbewohner vereint beieinanderstanden und der dunkelbraune Holzsarg langsam in der ausgehobenen Grube verschwand.
Jens stand leise weinend vor dem Grab der Oma, Tränen voller Schmerz rannten über sein Gesicht und tränkten die frisch ausgehobene, dunkelbraune Erde. Und das dunkle Gewand der Trauer legte sich über ihn und die ganze Trauergemeinde.

Kapitel 6

Anfang August 2015
Palermo, Italien

Der Hafen von Palermo lag schon in der Abenddämmerung, als das Frachtschiff mit den riesigen, schweren Taus an der Kaimauer festgemacht wurde und Jens kurz danach im allgegenwärtigen und selten ruhenden Treiben in diesem Hafen verschwand.

Er wusste, er musste vorsichtig sein, vielleicht war er schon in aller Munde, wurde überall gesucht, sein Bild in den Medien publik gemacht.

Sein Gleichgewichtssinn war noch etwas durcheinander, als er im Ristorante Porto an einem leeren Tisch auf dem etwas unbequemen Holzstuhl Platz nahm.

Der Sturm der vergangenen Nacht hatte seine Spuren hinterlassen. Das Schiff trieb stundenlang wie eine steuerlose Nussschale zwischen den meterhohen Wellen, war ihr Spielball. Und Jens wurde speiübel. So übel, dass er sich flach auf den Kabinenboden legte, um seine Seekrankheit etwas zu lindern, musste sich jedoch trotzdem mehrmals übergeben.

In Alexandria im Hotel hatte er sich selbst notdürftig verarztet. Den Rucksack eilig gepackt und mit Geld, sehr viel Geld, nachgeholfen, um einen Platz auf einem Schiff, bei dem nicht allzu viele Fragen gestellt wurden, nach Italien zu bekommen.

„Guten Abend. Haben Sie schon ausgewählt?", riss ihn die junge, hübsche Bedienung aus seinen Gedanken.

„Was können Sie mir empfehlen?", warf er mit glänzenden Augen die Gegenfrage zurück. Die Frau mit ihren kurzen, schwarzen Haaren hatte ihn vollkommen aus der Fassung gebracht. Jens trieb steuerlos, machtlos, wie eine Feder im Wind und bemerkte dabei nicht einmal, dass er ebenfalls in fast akzentfreiem Italienisch sprach. Er blickte sie jedoch nur kurz an und wandte die Augen gleich wie ein scheues Bambi wieder weg. Jens war nervös, sein ganzer Geist in Aufruhr, er konnte ihrem warmen, durchdringenden Blick nicht standhalten. Er spürte, wie das große Gefühl wie eine Offenbarung über ihn hereinbrach.

„Als Antipasti, ähm ... Prosciutto e Melone, als Hauptmenü einen Insalata Mista und Seezunge Palermo, mit einem leichten Montepulciano dazu", schlug die feurige, schlanke Schönheit vor, blickte ihm dabei wieder direkt in die Augen, sodass er abermals nervös hin und her rutschte und ein seltsames Kribbeln in der Magengegend verspürte. Sein Herz war aufgewühlt wie die brechenden Wellen einer stürmischen See.

„Hört sich lecker an! Ja, das nehme ich."

„Gerne. Vom Montepulciano einen halben Liter?"

„Ja, bitte", antwortete Jens kurz, und schon war sie wieder verschwunden, ließ ihn mit einem Kloß im Hals wie ein Pennäler zurück.

„Verbringen Sie hier in Palermo Ihre Ferien?", fragte sie neugierig, stellte einen Brotkorb und eine Flasche offenes Wasser auf den Tisch und goss ihm aus der Rotweinkaraffe ein Glas ein.

„Ähhm ... ja, ich bin heute angekommen", gab er zögerlich zurück, griff nach dem kleinen, italienischen

Weißbrot, riss davon ein Stück ab, steckte es in seinen Mund und kaute achtlos darauf rum.

„Und, haben Sie schon was von unserer schönen Altstadt gesehen?"

„Leider nein, bin ja erst seit einer halben Stunde hier."

„Ach so. Haben Sie sich schon ein Zimmer besorgt?", fragte sie freundlich mit ihrem betörenden Lächeln.

„Nein, wie gesagt, ich bin ja erst eben angekommen und hatte noch keine Zeit dazu", kam jetzt schon etwas sicherer über seine Lippen.

„Wir haben noch ein paar Zimmer frei. Wenn Sie wollen, kann ich Ihnen nach dem Essen unsere Zimmer zeigen", gab sie flott und geschäftstüchtig mit ihrem unwiderstehlichen und einnehmenden Lächeln von sich.

„Danke, das ist sehr nett von Ihnen."

„Gerne", sagte sie grinsend und fügte mit einem lauten Lachen hinzu, „ist ja auch mein Job."

„Hahaha, ja, und ich glaube, Sie sind eine sehr gute Verkäuferin und niemand kann Ihnen irgendetwas abschlagen", erwiderte er mit einem breiten Grinsen im Gesicht.

Somit war das Eis zwischen beiden gebrochen und ein unsichtbares Band der Sympathie legte sich unwillkürlich um beide.

„Sie sprechen sehr gut italienisch! Wenn man nicht genau hinhört, dann bemerkt man Ihren deutschen Akzent fast nicht", stellte sie ihn vor diese Tatsache, indem sie deutsch sprach.

„Danke, aber Sie sprechen ebenfalls perfekt deutsch", entgegnete er. „Wer hat Ihnen denn so gut deutsch beigebracht?"

„Entschuldigung, ich komme gleich zurück, muss nur schnell den Gästen da drüben ihr Essen bringen, bevor es kalt wird", und schon war sie, geschäftig wie eine emsige Biene, in der Küche verschwunden. Außer Jens saßen nur noch zwei ältere Herren auf der gegenüberliegenden Seite im Ristorante an einem Tisch. Sie unterhielten sich intensiv und angeregt, mit weit ausholenden Gesten, schwangen ihre Arme und Hände wie ein Dirigent vor dem Orchester, nur ohne Taktstock, über die Primera Liga mit einer fast schon leeren Flasche Lambrusco vor ihnen.

„Pronto, lassen Sie sich Ihre Antipasti schmecken", sagte sie kurz und verschwand wieselflink gleich wieder in der Küche.

Der luftgetrocknete Parmaschinken war ein Gedicht. Jens kaute langsam und genussvoll jeden Bissen. Und diesen so oft, bis er nur noch einen nach Natur, etwas salzig schmeckenden Brei im Mund hatte, um den es aber fast zu schade war, ihn einfach so herunterzuschlucken, ihn einfach nur im Magen verschwinden zu lassen. Der süße, fruchtige Duft und Geschmack der reifen, sehr saftigen Melone rundete das Ganze auf wunderbare Weise ab und ließ die Geschmacksrezeptoren jubilieren.

„Und, wie finden Sie die Antipasti?", fragte die Oberin und beobachtete ihn dabei, wie genüsslich langsam Jens kaute.

„Danke, einfach wunderbar! Ein ganzer Kosmos von Geschmacksnuancen wurde auf meiner Zunge neu geboren. Ein Gedicht", schwärmte er und verdrehte dabei seine Augen, als würde er jeden Augenblick abheben, in den Himmel auffahren und als würden ihn die Engel dabei mit Harfenspiel begleiten.

„Ja, das weiß ich, alles aus eigener Produktion", gab sie stolz zum Besten, „ und dabei noch Bio", ergänzte sie.

Jens bewunderte ihr natürliches, selbstbewusstes Auftreten, das Ganze wurde noch um ihre unwiderstehliche Aura ergänzt. Ihrem Charme musste man einfach erliegen. Da gab es für ihn kein Entrinnen, er war gefangen und zappelte wie eine Fliege im Spinnennetz.

Und schon servierte sie die Seezunge.

„Der Fisch ist ganz frisch, heute früh schwamm er noch putzmunter im Meer", sagte sie lachend und goss ihm Rotwein nach, wünschte ihm "Bonappetit".

„Wollen Sie sich nicht zu mir setzen und ein Glas Wein mittrinken?", fragte er sie ein wenig schüchtern und zögerlich. Doch der Rotwein hatte inzwischen seine Wirkung im Blut erreicht und die Zurückhaltung etwas gelöst.

„Danke, ich komme gleich wieder, ich muss nur noch schnell bei den beiden Gästen abkassieren."

So wohl hatte sich Jens schon lange nicht mehr gefühlt. Es kam eine richtige Euphorie in ihm auf. Alle Fragen, die in seinem Kopf noch keine Antworten gefunden hatten, waren in diesem Augenblick sekundär geworden, weggewischt, ausgelöscht, hatten keinen Platz mehr. Ich will einfach an nichts denken, nur leben und diesen wundervollen Moment genießen, dachte er.

„So, da bin ich wieder. Giulia De Angelo!", dabei streckte sie ihm freudestrahlend ihre Hand entgegen.

Shit, jetzt sitze ich ganz schön in der Klemme, dachte Jens, während er ganz kurz zusammenzuckte, als hätte er eine ungeschützte Zweihundertzwanzig-Volt-Leitung angefasst.

„Angenehm, Jürgen", gab er dann etwas holperig von sich, stand auf und reichte ihr ebenfalls die leicht feucht gewordene Hand.

Mein Gott, hat diese Frau weiche, zarte Hände, am liebsten würde ich sie nicht mehr loslassen und auf der Stelle küssen, schoss es warm durch seinen Kopf. Er stand so nahe bei ihr, dass Jens ihre Aura, ihre Ausstrahlung spürte, den verführerischen, zarten Duft ihrer Haare in sich aufnahm, die ihn betörte und seine Seele berührte.

„Jürgen was?", fragte sie lachend nach.

„Ähhm, ... Jürgen, Jürgen Martini", ergänzte er schnell, nachdem er im Regal über dem Tresen eine Flasche, auf der ein großes Etikett mit der Aufschrift Martini prangte, erblickte.

„Wie das Getränk, aber nicht verwandt und nicht verschwägert ", setzte er lachend schnell hinzu. Ja, was so ein wenig Wein im Blut bewirken kann, das hätte Jens selbst nicht für möglich gehalten, und er wunderte sich selbst, wie spontan er aufs Mal sein konnte.

Diese Frau, die bringt mich noch um meinen Verstand. Na ja, zurzeit ist da nicht viel zu verlieren, dachte er und konnte ein schelmisches Schmunzeln nicht unterdrücken.

„Bona notte", verabschiedete sie die Gäste mit jeweils einem angedeuteten Küsschen auf die linke und rechte Wange. Und auf einmal war es fast totenstill, sie waren alleine im Ristorante.

Nur von der Küche hörte man Gläser und Teller klirren, weil wohl jemand den Abwasch besorgte und sehr wahrscheinlich mit Aufräumen beschäftigt war.

„Wo waren wir stehen geblieben, ach ja. Ich bin in Deutschland aufgewachsen, meine Eltern sind Mitte neunzehnhundertsiebzig in den Schwarzwald ausgewandert und haben da ein Restaurant für italienische Spezialitäten eröffnet, das ich seit ein paar Jahren, somit in zweiter Generation, weiterführe", erklärte sie Jens stolz und selbstbewusst mit vorgeschobenem Unterkiefer.

„Gibt es einen bestimmten Grund, warum Sie dann

hier in Palermo arbeiten?"

„Mein Cousin, der hier in Palermo wohnte und dieses Restaurant führte und auch Dono war, ist vor zwei Wochen verstorben. Ich bin mit meinen Eltern zusammen zur Beerdigung gekommen und habe meiner Tante versprochen, solange hierzubleiben, bis der neue Pächter sich eingearbeitet hat. Pronto!", erklärte sie Jens und schaute ihm während der ganzen Zeit tief in die Augen, fesselte seinen Blick.

„Einen Augenblick bitte, ich sage dem Koch nur schnell Bescheid, dass er nach Hause gehen kann, sobald er die Küchenarbeiten erledigt hat", sagte sie und zeigte mit der Hand Richtung Küche und verschwand hinter der wippenden Pendeltür.

„Und wie gefällt Ihnen das Zimmer?", fragte Giulia gespannt, während sie das Fenster öffnete und frische, salzige Meeresluft hereinströmte, die die etwas muffige und abgestandene Luft austauschte. Man konnte vom Fenster aus das Meer sehen, es war zum Greifen nah und die rauschende Brandung zu hören.

„Wunderbar, ja, es ist genau das, was ich suche!" Jens war begeistert. Sie standen für einen kurzen Augenblick so nahe beieinander, dass sich ihr Atem vermischte und etwas Unaufhaltsames in Bewegung brachte.

„Schön, die Formalitäten können wir ja morgen früh erledigen. Frühstück gibt's ab acht Uhr im Restaurant. Ich wünsche Ihnen eine angenehme Nacht", und schon war sie wieder verschwunden und ließ Jens alleine im Zimmer zurück.

„Guten Morgen, Herr Martini. Und, wie haben Sie geschlafen?", begrüßte Giulia gut gelaunt Jens und stellte ein Tablett mit noch warmen, frisch riechenden Brötchen, Marmelade, Käse und geschnittenem Schinken auf den Tisch vor ihn hin.

„Fest und tief wie ein Stein", gab er mit einem lauten Lachen von sich.

„Ich glaube, so gut habe ich schon seit Jahren nicht mehr geschlafen."

Ja, die würzige Seeluft ließ ihn schlafen wie ein zufriedenes Baby im Mutterschoß.

In diesem Moment kam urplötzlich seine Sehnsucht an die Oberfläche, so wie ein Gehirn sich zwischen Wachen und Traum verselbstständigt, in der er sich eine Traumwelt nach seinen Wünschen aufbaute, in der Giulia die Hauptrolle natürlich mit ihm zusammen spielte.

„Kaffee, Tee oder einen Espresso?"

„Kaffee mit Milch, bitte!"

„Bin ich der einzige Gast heute?", fragte Jens Giulia, als sie ihm eine Tasse des dampfenden Kaffees eingoss. Der Duft des frisch zubereiteten Kaffees stieg in seine Nase und das Aroma regte seinen Appetit und Geist an.

„Ja, eigentlich ist das Restaurant für Übernachtungen erst wieder ab nächster Woche offen. Aber ich konnte Sie doch nicht einfach mitten in der Nacht auf die Straße setzen und einsam und verlassen der Finsternis überlassen", gab sie schmunzelnd von sich. Und Jens spürte, wie ihm langsam das Blut in den Kopf stieg, eine wohltuende Hitze sich im Körper breitmachte und er errötete.

„Heute früh muss ich die Einkäufe erledigen. Jürgen, wenn Sie wollen, kann ich Sie zum Markt mitnehmen. Von da aus kann man wunderbar zu Fuß die Stadt erkunden", lud sie ihn mit ihrer ungezwungenen Freundlichkeit ein.

„Sehr gerne."
„O. k., in einer halben Stunde vor dem Restaurant", gab sie selbstsicher und bestimmend die Zeit vor.

„Und, wie gefällt Ihnen unsere Stadt?", fragte Giulia, als er sich am vereinbarten Treffpunkt einfand.
„Die Kathedrale ist ein fantastisches Bauwerk", äußerte Jens euphorisch und voller Bewunderung.
„Ja, für mich ist sie eine Mischung aus einem orientalischen Märchenschloss und dem Big Ben in London. Mit den vielen Zinnen, kleinen, schießschartenähnlichen Fensteröffnungen, den unzähligen Rundbögen. Als Kind habe ich mir immer vorgestellt, wie eine Prinzessin drinnen zu wohnen", gab Giulia ebenfalls euphorisch und voller kindlicher Freude schwärmend von sich.
„Nicht wahr?", fragte sie anschließend erwartend, mit ihren strahlenden Augen, in denen sich die helle, gleißende Mittagssonne spiegelte.

Jens durfte an ihrer Freude teilhaben, diese Frau riss ihn einfach mit, der Strudel der Emotionen erfasste ihn, er konnte sich ihm nicht entreißen. Wenn er mit ihr zusammen war, kam Licht in die undurchdringliche Dunkelheit seiner verlorenen Vergangenheit, und die lästigen Fragen verloren sich in der Helle ihres Wesens.
„Hören Sie mir überhaupt zu?", fragte sie laut lachend.
„Natürlich! Wie kann man Ihnen nicht zuhören?", kam es mit einem bübischen Lächeln über seine etwas breiten und fein geschnittenen Lippen, um die ihn viele Frauen beneideten, und gab ihr einen leichten, liebevollen Stupser.
„Ja, und die Grünanlagen mit den fein säuberlich geschnittenen Buchshecken und den hoch aufragenden

Palmen bringen die unzähligen, filigranen Türmchen am Gebäude noch mehr zur Geltung", bestätigte er sie ebenfalls schwärmerisch.

„Oh mein Gott, ich bin spät dran, in einer viertel Stunde muss ich wieder zurück sein." Sie hatte auf dem riesigen Zifferblatt der Kathedrale ganz nebenbei die Uhrzeit registriert.

„Heute Nachmittag haben wir geschlossen und ich wollte zum Schwimmen gehen. Wenn Sie mich begleiten wollen, treffen wir uns um zirka ein Uhr im Hof des Restaurants. So, jetzt muss ich mich aber sputen", und schon war sie auch von der Menschenmenge verschlungen.

Die engen, altertümlichen Gässchen mit den kleinen „Tante-Emma-Lebensmittel-Geschäften", den fein duftenden und bunten Auslagen waren um diese Uhrzeit belebt. Jeder wollte etwas dieser frischen Früchte wie Melonen, Orangen, Mandarinen erhaschen. Die geflochtenen Zöpfe aus Zwiebeln oder Knoblauch baumelten sanft im Morgenwind und erweiterten den exotischen Duftgarten.

Jens musste Giulia immer wieder anschauen, er konnte seinen Blick nicht von ihrer perfekten Bikinifigur abwenden. Ja, und es gelang ihm nur mit aller Gewalt, sie nicht wie ein räudiger Hund mit tropfenden Lefzen anzustarren, als sie nebeneinander auf ihren Badetüchern im von der Sonne aufgeheizten Sand lagen.

Der breite, fast weiß leuchtende Sandstrand Mondello Bay mit seinem türkis-blauen Wasser. Spitz wie Nadeln ragten dahinter ausgewaschene Felsen senkrecht in die Höhe und hätten auf einer kitschigen Urlaubskarte nicht schöner dargestellt werden können. Das Ganze wurde noch durch die kleinen Farbtupfer der Windsurfer auf dem

Meer unterstützt und komplettierte die Farbpalette. Die weiß gestrichenen Fassaden der kleinen Ferienhäuser mit roten Tonziegeldächern schmiegten sich wohlig in die enge Bucht des Monte Pellegrino, schienen mit ihr verwachsen zu sein.

Der Strand Mondello Bay, der einige Kilometer westlich von Palermo hinter dem Monte Pellegrino liegt, ist um diese Jahreszeit immer gut besucht, hatte Giulia ihm auf der Hinfahrt erklärt.

„Ich bin als kleines Kind schon und später, als wir nach Deutschland ausgewandert waren, jedes Jahr ein paar Wochen hierhergekommen und habe hier meine Sommerferien verbracht. Meine Eltern haben sich vom mühsam ersparten Geld ein kleines Ferienhaus nicht weit entfernt in einem Orangenhain gebaut", dann machte Giulia eine lange Pause, schaute in den azurblauen, italienischen Himmel und schweifte mit ihren Gedanken zurück in ihre unbeschwerten Kindertage.

„Ich mag diesen Ort, hier gibt es nur Sonne, Sand und Meer, keine Menschen", meinte sie selbstzufrieden. „ Na ja, das mit den Menschen stimmt nicht mehr ganz", fügte sie hinzu, stand auf und zog Jens am Arm hoch und sie rannten unter lautem Lachen wie kleine, spielende Kinder hintereinander her in die Wellen der leise rauschenden Brandung, tobten sich im warmen Wasser des Mittelmeers aus.

Die schrägen Strahlen der untergehenden Sonne glitzerten auf dem Wasser, auf deren Wogen ein schwer beladenes Schiff auf den Hafen von Palermo zusteuerte.

Mit glänzenden Augen blickte Jens vom Monte Pellegrino herunter, auf das Umland von Palermo. Und was er sah, das erhellte sein Herz. Er liebte das farbenprächtige und fantastische Zusammenspiel von Natur und Menschengeschaffenem.

Vor ein paar Tagen noch mühte er sich am Ende der Welt, in absoluter Leere, in der Gluthitze der Sahara, auf einem Kamelrücken ab. Und jetzt dieser Kontrast. Überall grünes Gras mit vereinzelt farbigen Blumen, Orangenbäume mit rot leuchtenden Orangen behangen, eine leichte Brise, die die Haut sanft berührte. Herz, was willst du mehr.

„Solche besonderen Augenblicke müssten für immer andauern", sagte Jens, jedoch eher zu sich selbst als zu Giulia, die diesen Moment der Stille, die Harmonie, wenn ein schöner Tag sich verabschiedet und seine ganze Pracht und Herrlichkeit noch einmal, nur für einen kurzen Augenblick, aufleuchten lässt, bevor die Dunkelheit alles einhüllt, in sich aufnahm.

„Aus dieser Perspektive sieht man erst, wie schön sich die inzwischen riesige Stadt Palermo in diese Bucht an der Nordküste Siziliens einfügt. Ich finde, sie ist so richtig mit ihrer Umgebung verschmolzen und verwachsen", meinte Giulia ganz beiläufig, „und ich darf nicht vergessen, morgen früh mein Auto in die Werkstatt zu bringen. Alle vier Reifen sind abgefahren und müssen vor meiner Heimfahrt nach Deutschland ersetzt werden", wechselte sie abrupt das Thema.

„Wann ist es denn so weit?"

„So wie es aussieht kann ich spätestens in einer Woche losdüsen."

„Freuen Sie sich darauf, wieder zurück nach Deutschland zu kommen?"

Giulia schüttelte den Kopf und drehte sich zu Jens hin.

„Hhm ..., diese Frage ist unfair, Jürgen. Sehr, sehr

unfair, um nicht zu sagen gemein und hinterhältig. Sie wissen genau, in meiner Brust schlagen zwei Herzen. Ein italienisches und ein deutsches."

„Sorry, war nicht so gemeint!"

„Wer weiß, bei euch Männern ist man nie sicher. Die meisten von euch denken sowieso unterhalb der Gürtellinie. Aber Themawechsel, diese Diskussionen führen zu nichts: Jetzt kennen wir uns schon eine kleine Ewigkeit und siezen uns immer noch", stellte sie fest und schaute ihm ein wenig nachdenklich tief in die Augen.

„Okay, ich bin ab sofort nur noch der Jürgen für dich", sagte er mit gespielter Anmut und gab ihr einen angedeuteten Kuss auf die Wange.

Sie tippte ausschweifend und majestätisch mit ihren rot lackierten Fingern auf ihre Brust, deutete eine ausholende Verbeugung an.

„Angenehm, Giulia, freut mich, dich kennenzulernen, Jürgen."

Jens stand unvermittelt auf, zog sie an sich, umarmte sie und spürte ihre warme, nach Sonnenöl duftende Haut und ihr lockiges Haar im Gesicht. Und schon war es wieder da, das unbeschreibliche Gefühl in ihm. Plötzlich aus dem Nichts aufgetaucht, und diesmal verstärkt.

Sie brachte seinen ganzen Körper in Aufruhr, alle Hormone tanzten den Tanz des Wahnsinns.

Diese Frau macht mich einfach ..., dachte er, und flugs im selben Augenblick drehte Giulia ihr Gesicht zu ihm hin. Ihre Nasenspitzen berührten sich sanft und ihre warmen Blicke trafen wie ein elektrisierender Blitz aufeinander. Angezogen wie von einem unsichtbaren Magneten bewegten sich im selben Moment ihre Lippen aufeinander zu, rieben sich zärtlich. Jens Zunge umrundete Giulias weiche Lippen und ihr Mund öffnete sich, und seine warme, feuchte Zunge erkundete neugierig, lustvoll das unbekannte Terrain.

Beide spürten das lodernde Feuer der Verliebtheit, das Tanzen der Schmetterlinge im Bauch.

„Azzuro …., Ti amo …, Perce …, bona sera signorita", schrien und klatschten beide lauthals im Rhythmus der Musik, die italienischen Oldies von Adriano Celentano, Al Bano und Romina Power, die aus dem voll aufgedrehten Autoradio tönten auf der Rückfahrt.

Jens stand einen kurzen Moment ratlos im Hof des Restaurants da, doch Giulia erlöste ihn mit einer festen Umarmung und einem ewig andauernden Kuss.

„Danke, Jürgen, für den wunderschönen Tag. Wir sehen uns morgen früh", verabschiedete sie sich von ihm und flugs war sie auch schon wieder von der Bühne des Lebens verschwunden.

Er lag lange, eine gefühlte Ewigkeit, hellwach im Bett und wartete darauf, dass es jeden Moment an seine Tür klopfen und Giulia, seine Prinzessin, eintreten würde. Jens' Erwartungen wurden nicht erfüllt. Er hörte nichts als das Rauschen der Klimaanlage und musste ständig an sie denken. Sie war wie eine Fata Morgana. Irgendwann spät in der Nacht schlief Jens trotzdem glücklich ein.

Jäger oder Gejagter?

Die hell brennenden Fackeln verbreiteten ihren teerartigen Geruch in der stockfinsteren Nacht. Der Blick vom Monte Pellegrino gab ihnen das Gefühl, ein leuchtender Bandwurm schlängelt sich langsam den Berg herauf.

Das Ziel der Fackelprozession war wie jedes Jahr der Wallfahrtsort der heiligen Rosalina auf dem Monte Pellegrino. Rosalina soll im Mittelalter die „Pestilienzia Epidemie" beendet haben und seither wird ihr zu Ehren das „Festino di Santa Rosalina" gefeiert.

Giulia und Jens waren in der lauwarmen Nacht nur leicht bekleidet und standen in der neugierigen Menschenmenge so nah beieinander, dass Jens ihre Körperwärme auf seiner Brust und den betörenden Duft ihrer Haare wahrnehmen konnte. Er genoss den Körperkontakt. Schloss immer wieder seine Augen und träumte, wie er Giulia innig küsste. Die Szene der vergangenen Tage erschien vor ihm, erinnerte ihn an den Geschmack ihrer süßen Küsse und an das Geräusch ihres Herzens, das im Takt mit der Brandungswelle gegen das seine klopfte ...

„Bum ... bumbum ... bum ... bumbum ..." Herzschläge und das weiche Geräusch auf dem weißen Sand „bum ... bumbum ... bum ... bumbum ..."

Ihr Atem ging schnell und unregelmäßig, ihre Küsse wurden jedes Mal sicherer, fester und wilder und er hörte das Meer nicht mehr. In seinen Ohren war nur noch der schnelle, gejagte Takt seines eigenen Blutes.

Das Sprachenwirrwarr der zusammengeströmten, schiebenden Menschenmenge am Straßenrand ließ darauf schließen, dass viele der Zuschauer Touristen waren. Jeder freie Platz wurde von ihnen belagert.

Von hier oben wollten sie auch den Höhepunkt des festlichen Umzugs, das anschließende Feuerwerk am Hafen La Cala, miterleben.

Jens wurde plötzlich unruhig. Sein Instinkt sagte ihm, irgendetwas an der Situation stimmte nicht. Doch im Moment wusste er nicht, was der Auslöser war.

Er konnte ihn auch nicht sehen, den dunkel gekleideten, gut durchtrainierten Mann auf der anderen Straßenseite, der Jens schon längere Zeit beobachtete und ihn wie ein Schatten verfolgt hatte. Mit seiner dunklen Kleidung verschmolz die Gestalt mit der Dunkelheit der Nacht zu einer Einheit.

Dann, plötzlich, als ein Fackelträger an der mysteriösen Gestalt vorüberschritt, stand sie für einen kurzen Augenblick im flackernden Lichtschein. Gerade in diesem Moment blickte Jens aus den Augenwinkeln heraus zu ihm und sah, dass er einen Schalldämpfer auf eine Pistole schraubte und ihn dabei kurz und unheimlich anschaute.

„Runter!", schrie Jens automatisch und riss Giulia mit sich zu Boden, als gleichzeitig das Geschoss seinen Kopf nur um Millimeter verfehlte, er konnte das Pfeifen des Geschosses deutlich hören.

„Bleib unten, bleib unten, bleib, wo du bist. Mach, was ich sage, und stelle keine Fragen, wir treffen uns später im Hotel", flüsterte er mit einem strengen, militärischen Befehlston, den sie von ihm nicht gewohnt war, und kroch flink wie ein Wiesel auf allen vieren hinter die am Straßenrand stehende Menschentraube.

Die Umstehenden hatten nicht viel mitbekommen, dachten jedoch, schon wieder ein Betrunkener.

Gebückt, durch die Zuschauer und die Dunkelheit geschützt, rannte Jens bergauf in die 20 Meter entfernte, nicht beleuchtete Gasse und versteckte sich außer Atem hinter der nächstbesten Hausecke. Als er mit seiner Hand über das Gesicht fuhr, spürte er eine klebrige Flüssigkeit. Sofort war ihm klar:

Auch diesmal habe ich mehr Glück als Verstand gehabt.

Die Kugel hatte seine Wange nur leicht gestreift, die Wunde brannte aber inzwischen wie Feuer.

„Woher habe ich diesen Instinkt und warum reagiere ich in diesen Situationen blitzschnell und richtig?", durchfuhr es ihn irritiert.

Doch dafür war jetzt keine Zeit. Ganz vorsichtig beugte sich Jens voll konzentriert, mit geschärften Sinnen und jeden Muskel angespannt wie eine Raubkatze ein wenig vor, sodass er gerade noch in die dunkle Gasse blicken konnte. Er war in diesem Augenblick für jede Eventualität gewappnet.

Es war zappenduster und alles lag still und friedlich in der Dunkelheit eingehüllt. Nichts! Keine Bewegung!

Im selben Moment ein leichtes, metallisches Klicken, das Jens' Hyper-Campus erreichte und im Bruchteil einer Sekunde für eine enorme Adrenalinausschüttung sorgte. Jens kniete sich langsam und ganz vorsichtig, den ganzen Körper in Alarmbereitschaft, auf das Kopfsteinpflaster; stieß sich mit voller Wucht, mit Beinen und Armen wie ein Katapult, schräg nach oben ab und rammte mit seinem Kopf in den Unterleib des um die Ecke kommenden Angreifers. Dieser hatte nicht damit gerechnet, dass Jens am Boden kniete, als er plötzlich blitzschnell mit schussbereiter Waffe um die Ecke schnellte.

„Aahhhh", schrie er dumpf mit schmerzverzerrtem Gesicht. Jens hatte zielsicher seine Weichteile getroffen. Der kräftige Stoß katapultierte den Angreifer rückwärts nach oben, der danach mit dem Hinterkopf ungebremst auf dem harten Steinboden aufknallte, während er gleichzeitig aus einem Reflex heraus einen Schuss ins Nichts, nur in den mit Wolken durchzogenen Nachthimmel, abgab.

Jens wusste, der Angreifer war nur für einen kurzen Moment außer Gefecht gesetzt.

„Wer weiß, vielleicht kann ich die leichte Artillerie noch gebrauchen", dachte er und wollte sich die Waffe greifen. Doch durch den Sturz war sie über die Straße geschlittert und lag irgendwo unsichtbar verborgen in der Dunkelheit.

„Bist du total bescheuert und durchgeknallt? Was sollte das? Mach das nie, nie wieder mit mir!", schrie Giulia immer noch aufgelöst und entsetzt Jens an, als er eintrat, während sie gerade dabei war, ihren aufgeschürften Unterarm mit Jod zu betupfen.

Jens geriet in die Bredouille.

Wie ein begossener Pudel stand er vor ihr, wusste nicht, was er antworten sollte. Er hatte selbst keine Erklärung für das, was sich abspielte. Schuldbewusst und verloren starrte er wie ein kleines, ertapptes Kind auf den Boden, konnte Giulia in dieser Situation einfach nicht in die Augen blicken. Sein schlechtes Gewissen gewann die Oberhand und seine Gesichtszüge entgleisten immer mehr.

„Mein Gott, du blutest ja", stellte sie mitleidig mit weicher, fürsorglicher Stimme fest.

„Das sieht böse aus! Zeig mal her. Mensch, Jürgen, was hast du bloß getan, deine ganze Wange ist ja aufgeschlitzt! Das wird wie Teufel brennen, aber da musst du durch!", gab sie schon wieder selbstbewusst in einem versöhnlichen Ton von sich. Giulia riss die durchsichtige Verpackungsfolie des Mulltupfers auf und träufelte Jod auf den weißen, antiseptischen Tupfer, der sich braunrötlich färbte.

„Aahhh", schrie Jens kurz auf, wich ruckartig nach hinten aus und musste feststellen, dass sie keinesfalls übertrieben hatte. Wie tausend Nadelstiche brannte die offene Wunde für einen kurzen Moment.

„Die Wunde ist nicht sehr tief, ich glaube, sie muss nicht genäht werden. Es kann aber sein, dass deine Schönheit ein wenig darunter leiden wird", gab sie fachkundig und gefasst mit einem verschmitzten Schmunzeln von sich und setzte nach, „zumindest wirst du mit der Narbe noch interessanter wirken."

Jens saß in der Klemme. Sollte er ihr seine Geschichte erzählen? Wie würde sie wohl darauf reagieren?

Scheißegal, dachte er, ich mag sie und sie hat das Recht, die Wahrheit zu erfahren, rang er sich durch.

„Giulia, was ich dir jetzt sage, fällt mir nicht leicht, ich ... ähhmm ..."

„Du wirst doch nicht etwa zur Mafia gehören?", gab sie mit spöttischer, spitzer Zuge von sich.

„Nneeiin, natürlich nicht, aber das, was ich dir jetzt sage, verstehe ich ja selbst nicht! Vor über einer Woche bin ich am Strand von ....", und so erzählte Jens seine Geschichte, ließ nichts aus und beschönigte nichts. Na ja, fast nichts, denn von dem vielen Geld in seinem Rucksack erwähnte er nichts. Ein ganz kleines Geheimnis hat noch nie geschadet.

„Shit! Das muss ja furchtbar sein. Bei Gott! Du weißt wirklich nicht, wer du bist und wie du heißt?"

Und wieder bewunderte Jens diese Frau, wie gefasst und mitfühlend sie darauf reagierte.

„Nee, ich schwöre es dir. Ich habe keine Ahnung, wo ich herkomme, was ich gemacht habe, ob ich verheiratet bin. Nein, ich habe nicht die geringste Ahnung von alldem!"

„Ich kann mir aber keinen Reim darauf machen, warum du schon zweimal umgebracht werden solltest?", sagte Giulia eher zu sich selbst. Sie saß nach hinten gelehnt auf ihrem Bett, stützte sich mit beiden Armen ab und sah nachdenklich zur Decke.

„Das Armenviertel Scampia hier im Norden von Neapel ist eine Mafia-Hochburg und für seine blutigen Bandenkriege zwischen verschiedenen Clans der Camorra, des neapolitanischen Zweiges der Mafia, berüchtigt. Vielleicht hast du mit ihnen zu tun?"

„Ich habe keine Ahnung, keinen blassen Dunst. Ich kann dir nicht das Geringste darüber sagen. Ich habe mein Gehirn schon tausendmal mit diesen Fragen gemartert, alles wieder und wieder rekapituliert. Ich komme einfach nicht drauf, was das Ganze bedeutet! Scheiße!"

„Ich bin hungrig, Jürgen. Was hältst du von einem Insalata Mista, Rigatoni Napoli mit Tomatensoße und dazu Chianti, um die Laune zu heben?"

„Danke, Giulia, du bist ein wahrer Engel." Er beugte sich zu ihr hin und gab ihr einen Kuss auf die Stirn.

„Pronto, bin schon unterwegs. Wenn du mit Duschen fertig bist, steht auch das Essen bereit." Sie schloss die Türe hinter sich und verschwand.

Die Verführung

Jens beugte sich leicht nach vorne über und stützte sich mit beiden Händen an den feuchten Kacheln der Duschkabinenwand ab, um kein Wasser an seine verletzte Wange zu bekommen. Das warme Wasser prickelte auf der Haut, gab ihm ein wohliges Gefühl, spülte die Ereignisse der letzten Zeit den Abfluss runter. So verharrte er mit geschlossenen Augen, hörte dem monotonen Plätschern des Wassers zu, als er plötzlich zwei weiche Hände auf seinem Rücken wahrnahm.

Jens zuckte kurz zusammen, konnte sich aber gegen das angenehme, wohlige Gefühl, das seinen ganzen Körper wie ein warmer Strom durchzog, nicht auflehnen.

Mit kreisenden Bewegungen verteilten die Hände sanft den herrlich duftenden Seifenschaum auf seinem Rücken. Sie fuhren langsam auf beiden Seiten des Oberkörpers bis zu den Hüften nach unten, kehrten wieder zurück zu den Schultern, folgten den Armen entlang zu den Handgelenken bis zum Handrücken.

Er spürte, wie sie beim Einseifen des Pos sanft den Druck erhöhte, kurz verweilte – „geiler Knackarsch" hauchte – und schließlich an beiden Oberschenkeln weiter nach unten wanderte.

Der Weg ihrer Hände nahm den kürzeren Rückweg. Sie streiften gemächlich und sanft auf der Innenseite seiner wohlgeformten Oberschenkel nach oben, bis es kein Weiterkommen mehr gab.

Jens Jaspers Männlichkeit schwoll an und er bemerkte, wie sich sein Blut an dieser Stelle staute, ein gieriges

Pulsieren verursachte. Dann plötzlich spürte er ihren nassen nackten, glitschigen Körper von hinten an seinem reiben, sich auf und ab bewegen. Sie presste und rieb sich in schlangenartigen Bewegungen an ihm.

Die harten, spitzen Brustwarzen hinterließen auf seiner Haut ein unbeschreiblich wohliges, nach mehr gierendes Gefühl.

Gleichzeitig malten ihre kleinen, glitschigen Hände langsam zärtlich kreisende Bewegungen auf seine Brust und die entstandene Wärme beider Körper konnte durch den immer stärker werdenden Druck aufeinander nicht mehr entweichen. Gefangen zwischen den beiden nassen und schaumigen Körpern, genauso wie die beiden Gefangene ihrer unstillbaren Lust waren. Sklaven der Liebe.

Unvermittelt und ohne Vorwarnung berührten ihre feingliedrigen, feuchten und eingeseiften Finger seine empfindlichste Stelle. Jens gab sich willenlos der langsamen, gleichmäßigen Bewegung ihrer Hände unter einem kurzen und lustvollen Stöhnen hin. Er genoss den Zauber des Augenblicks.

Sein durch die Natur festgelegter Instinkt gab der Muskulatur den Befehl, sich am ganzen Körper zu verhärten, sich zu strecken, sich auszudehnen. In ihm kam ein Gefühl der süßen Unendlichkeit auf. Es gab kein Entrinnen. Gefangen in der eigenen Lust.

Sein Intellekt hatte in diesem Augenblick nichts mehr zu melden. Nur noch die Lust leitete Jens, übernahm die Führung seines Tuns, als er sich umdrehte und ihren Kopf mit den nassen, klebenden Haaren in beide Hände nahm. Ihre Lippen trafen sich und ihre Zungen begannen den begierigen Tanz des Göttlichen.

Jens durfte erfahren, wie sinnlos es ist, sich zu wehren,

wenn die Tentakel der unbändigen Lust einen umschlungen und gefangen hielten.

Bis sie sich schließlich von ihm abrupt löste und ... vor ihn kniete und er die wohlige Wärme ihres Mundes an einem anderen, sehr empfindsamen Körperteil wahrnahm.

Jens presste die Augen fest zusammen, schrie lustvoll auf. Hinter seinen Augenlidern tanzten und hüpften helle Sterne in allen nur möglichen Farbschattierungen. Sie bewegten sich unkoordiniert durcheinander, als sich gleichzeitig eine orgastische Explosion vom Gehirn aus durch den ganzen Körper wie ein Vulkanausbruch zog und in einem Vibrieren und Zittern der ganzen Muskulatur endete.

Urplötzlich strömte eine eigenartige, ihm unbekannte Schwäche durch seine Beine. Jens hatte das Gefühl, dass sie jeden Augenblick einknickten. Doch gleichzeitig zog eine Welle der Befriedigung durch den ganzen Körper, die auch schlussendlich seinen Geist erfasste, um jedoch ganz allmählich zu verebben, und durch eine bleierne Müdigkeit übermalt wurde.

„Wow, was für ein Gefühl", dachte Jens, lag mit einem zufriedenen Grinsen im Gesicht relaxt voll ausgestreckt auf dem Bett.

Jens durfte in seinem neuen Leben zum ersten Mal die Erfahrung machen, wie sinnlos es ist, sich gegen die Lust aufzulehnen, wenn einen ihre Tentakel bereits umschlungen haben. Der Hormon-Cocktail mit den Endorphinen, Adrenalin sowie Dopamin und Oxytocin überwindet alles, es gibt nichts, was diesen körpereigenen Hormonen Paroli bieten kann.

„Habe ich solche Gefühle früher auch erlebt?", fragte er sich verwundert.

„Und bin ich etwa verheiratet, habe Kinder, eine Familie?", kam es in ihm auf, vermischt mit einem Schuldgefühl.

„Hi, du Unbekannter, rutsch mal zur Seite und mach mir Platz", sagte Giulia mit ihrem einnehmenden Lächeln und lag schon neben ihm, und mit einem Wimpernschlag war alles andere ausgeblendet.

Sie kuschelte sich an Jens, küsste ihn zart auf die Wange, reckte, streckte sich genüsslich, und kurz darauf bemerkte er an ihrem gleichmäßigen Atem, dass sie zufrieden eingeschlafen war.

Jens konnte nicht anders, er musste einfach seinen Arm sanft um Giulia legen, fühlte sich zu ihr hingezogen, hegte unbekannte Gefühle für sie; dass dies Liebe sein muss, war das Letzte, was er wahrnahm, und er schlief ebenfalls ruhig und friedlich ein.

Wenn die Chemie stimmt, erscheint oft das große, nicht steuerbare Wunder. Es ist einfach da. Die Liebe.

Was seine Gehirnwindungen jedoch im Moment noch unter Verschluss hielten, war die Tatsache, dass er in seiner Kindheit und Jugend nie erfahren durfte, wie es sich anfühlt, wenn man geliebt und angenommen ist. Nestwärme war bis auf die kurze Zeit, die er bei seiner Oma verbracht hatte, eine Unbekannte, wie auch Liebe ein Fremdwort für ihn war. Und er legte als erwachsener Mann auch keinen Wert mehr darauf. Sie war schon vor langer Zeit bei ihm ausgezogen.

Seine Liebe beschränkte sich auf Sex mit Prostituierten; mit der wichtigen Prämisse, immer anonym zu bleiben und dabei keine Zärtlichkeiten auszutauschen. Nein, dies wäre ein Graus für ihn gewesen.

Jens' Lebensplanung war nicht überzogen, um nicht zu sagen sehr einfach. Als Kind gab es bei ihm keine Identifikationsfigur und so kapselte er sich ab, beschränkte sich nur auf die Vorliebe zum Schießen, Aufträge ohne Wenn und Aber auszuführen und dabei nicht die kleinste Spur zu hinterlassen.

Sadistische Methoden oder gar Foltern mochte er gar nicht! Das ist nur dem Abschaum der Menschheit vorbehalten, war sein Motto. Jens eliminierte seine Objekte immer und ohne Ausnahme in Sekunden, sodass sie nie leiden mussten.

Auch hatte Jens keinen besonderen Hang, Geld anzuhäufen. Ein höchstens willkommener Nebeneffekt, nur eine Begleiterscheinung, die er gelassen annahm.

Er war sehr geduldig, um nicht zu sagen stur und absoluter Einzelgänger. Gutes Essen, das er sich gönnte, stellte seinen einzigen Luxus dar.

Er träumte nicht von einem sonnigen Platz auf Bali unter einem Sonnenschirm am Strand. Nein, ein Zucken in seinen Augenwinkeln entlockte nur noch ein gefährlicher, brisanter, fast nicht zu lösender Auftrag.

„Guten Morgen, Fremder", sagte Giulia, und sie war schön, schön wie der neue Morgen, und ihre Linien glichen der Silhouette eines sündhaft teuren Ferraris.

„Morgen, Giulia, schön, dass es dich gibt", säuselte er ihr zuckersüß entgegen, und sie sog es auf wie ein trockener Schwamm.

„Danke, kann ich nur zurückgeben. Du bist eine Bereicherung für mein Leben, wenn auch mit unangenehmen Überraschungen. Doch Überraschungen liebe ich halt nun mal, dagegen kann ich nichts tun. Leider."

„Giulia, wenn du einverstanden bist, dann würde ich heute gerne mit mir alleine sein. Dies hat nichts mit dir zu tun! Ich muss die Erlebnisse der letzten Zeit verdauen und habe mir gedacht, dass ich außerhalb des Trubels der Stadt besser zu mir finde. Außerdem bist du dann außer Gefahr. Der Typ hat es auf mich und nicht auf dich abgesehen", erklärte ihr Jens mit einem nachdenklichen Gesicht, fuhr ihr liebevoll durch ihr dunkles Haar, das so dunkel wie die Schatten der Dämmerung anmutete.

„Das trifft sich gut, ich bin heute sowieso den ganzen Tag beschäftigt und sollte noch in die Wohnung meines Cousins, um einige Dinge zu regeln, dem neuen Mieter die Schlüssel übergeben und die Gegebenheiten erklären."

„Dann sehen wir uns morgen. Ich freue mich schon", sagte Jens und verabschiedete sich mit einem ewig andauernden, intensiven Kuss.

Kapitel 7

Freitag, 14. August 2015
Zufluchtsort Wehr, Schwarzwald

„Es fällt mir jedes Mal wieder von Neuem schwer, Palermo zu verlassen", bemerkte Giulia, als sie auf der Fähre nach Mailand standen und zurückblickten. Aus dieser Perspektive sahen sie die Stadt mit dem Königlichen Palast und das Theatro Politeama, wie sie von den Bergen gesäumt im brennenden Abendrot verträumt in der Bucht zwischen dem Monte Catalfano und dem Monte Pellegrino lag. Die Berge im Hinterland versanken allmählich im Dunst des Abends.

„Das kann ich gut verstehen", bestätigte Jens mit einem bejahenden Kopfnicken und schaute sie verständnisvoll an.

„Wie ist es, wenn man keine Vergangenheit und somit auch keine Altlasten hat?", fragte sie ihn, ihre makellose Haut im Gesicht wurde durch das zarte Abendrot noch unterstrichen.

„Giulia, was soll ich darauf antworten? Ich weiß es nicht! Für mich fühlt es sich irgendwie unvollständig an. So eine Art Neugier gemischt mit Nervosität und Spannung, was sich mir in der nächsten Zeit noch alles so offenbart. Ich kann es nicht richtig greifen, ich kenne es ja nicht anders", versuchte er mit langsamen, nachdenklichen Worten zu erklären.

Giulia hatte am späten Nachmittag das Ticket für die Autofähre nach Mailand gelöst und sie fuhren mit ihrem kleinen, schwarzen Mazda Demio auf das Deck.

Sie hatten sich beratschlagt und es als das Beste befunden, wenn sie so schnell wie möglich Palermo verließen, um den oder die Verfolger abzuschütteln. Sicherheitshalber fuhren sie auch getrennt zum Hafen.

Ihr Ziel war eine kleine Stadt im südwestlichen Schwarzwald. Es war der Heimatort von Giulia. Sie war sich sicher; dass sich da, wo sich Fuchs und Hase gute Nacht sagen, kein Verfolger hinverirren würde.

Giulia schlug vor, nicht durch die Schweiz zu reisen, sondern von Mailand auf der Autobahn Richtung Verona zu fahren, danach Meran zu passieren, um dann über einen kleinen Grenzübergang nach Österreich einzureisen, weiter nach Dornbirn, Richtung Bregenz, und schon wären sie in Deutschland. Am Bodensee entlang Richtung Stockach, Blumberg und von da aus ist es nur noch ein Katzensprung, erklärte sie voller Euphorie.

„Du musst wissen, in der Europäischen Union werden die Ausweispapiere nicht mehr so genau angeschaut und an den kleinen Grenzübergängen so gut wie gar nicht mehr. Wir müssen nur einen großen Bogen um die Schweiz machen. Die Eidgenossen können manchmal ganz schön penetrant genau sein."

„Schau mal, was ich hier Tolles für dich habe", sagte sie neckisch und voller Elan zu Jens, als er von seinem Trip entspannt wieder auftauchte.

„Was ist das?", fragte er sie erstaunt und nahm den Ausweis, der auf den Namen Franco De Angelo ausgestellt war, irritiert in die Hand.

„Ab sofort bist du Franco De Angelo, mein Bruder. Ist das nicht eine tolle Idee? Ich habe das Dokument von meinem Cousin geborgt. Es lag in einer Schublade in seinem Wohnzimmer, na ja, und da habe ich gedacht, er braucht es nicht mehr, er ist ja tot. Bin ich nicht gut?", gab sie stolz und mit einer mächtigen Portion Selbstvertrauen von sich.

„Super, willkommen im Club. Was bleibt mir auch in dieser prekären Situation anderes übrig, als deinen Bruder zu spielen?", gab er theatralisch zum Besten. „Darf ich dir dann nur noch einen brüderlichen Kuss geben?"

Das gelbe Ortsschild mit der schwarzen Aufschrift:

Wehr
Landkreis Waldshut
Zollgrenzbezirk

kündigte ihren Zielort an.

Wehr, die kleine Stadt, die sich idyllisch im Osten zwischen der steil abfallenden Erhebung des Hotzenwaldes mit seinen dicht bewaldeten Hängen und im Westen mit der sanften Erhebung des Dinkelberges mit den Streuobstwiesen ins schmale Tal einschmiegt, wurde von der frühen Morgensonne wach geküsst, als Giulia und Jens an der Ortsausfahrt „Wehr Mitte" abbogen.

„Ladys and Gentlemen, wir befinden uns hier auf der Hauptstraße. Um diese frühe Vormittagsstunde ist sie noch in der Aufwachphase, wie Sie sehen können. Ich möchte Sie darauf aufmerksam machen, dass Sie dort drüben auf der linken Seite den Platz mit den zwölf grauen Steinsäulen als den wichtigsten Treffpunkt und Kommunikationsort in dieser City, den Schulhof, erblicken können", erklärte Giulia theatralisch mit weit ausholender Bewegung.

Jens, von der langen Fahrt übermüdet, drehte langsam den Kopf und schaute sich mit seinen kleinen, geschwollenen Augen lustlos und unkonzentriert den Platz an.

Der Platz wurde von zwei alten Bauten, einer Richtung Norden und einer nach Westen, im rechten Winkel begrenzt. Von deren mächtigen Dächern sich filigrane und sehr spitze Türmchen gegen den blauen, noch etwas diesigen Augusthimmel emporhoben.

„Haben die zwölf Säulen eine bestimmte Bedeutung?", fragte er gähnend und streckte sich im kleinen Autoinnenraum wie eine Katze nach einem geruhsamen Schlaf.

„Ich muss dir ganz ehrlich gestehen, ich weiß es nicht! Aber die zwölf Apostel stellen sie auf alle Fälle nicht dar, das ist gewiss in dieser streng katholischen Stadt", gab sie mit einem lauten Lachen zur Antwort.

Kurz darauf bogen sie nach rechts in eine kleine, enge Gasse ab. Die alten, schön restaurierten, verschiedenfarbigen Häuser säumten beidseitig die in der morgendlichen Ruhe liegende Sackgasse.

"Tuut, tuut, tuut". Drei Tauben flatterten verstört auf, als die kreischende Hupe des kleinen Mazdas ihren undefinierbaren, blechernen Ton von sich gab, mit dem Giulia den Eltern ihr Ankommen signalisierte.

„Buon giorno, figlia." Schon erschien ein älterer Herr, dessen schwarzes Haar schon zum größten Teil ergraut und dessen Gesicht und Hals von einem arbeitsreichen Leben zeugten, und umarmte Giulia herzlich. Die auch nicht mehr sehr junge Frau vom Typ Mama stand mit einer bunt bedruckten Kochschürze vor Jens und schaute ihn mit ihren zartbraunen, warmen Rehaugen wie Bambi an. Sie musterte ihn aufmerksam von oben bis unten.

„Guten Morgen, ich bin Jürgen", stellte Jens sich ihr vor. Er und Giulia hatten abgemacht, dass er vorerst für Giulias Eltern Jürgen Martini war. Sie wollten sie nicht auch noch in die verstrickte Sache verwickeln, die sie selbst nicht verstanden.

„Kommt rein, ihr seid sicherlich hungrig und müde von der langen Fahrt", übernahm la Mama das Kommando.

„Jürgen, du musst verstehen, meine Eltern sind streng katholisch erzogene Italiener. Und von ihrer Tochter erwarten sie den Respekt einer braven Tochter", hatte sie ihm erklärt und ihn daraufhin auf ihr breites Bett gestoßen und nach allen Regeln der Kunst verführt. Danach musste Jens in sein von Papa höchstpersönlich zugewiesenes, separates Zimmer umziehen. So will es auch der Papst, die Kirche und auch Papa und Mama.

Als Jens aufwachte – sie waren inzwischen fast eine Woche hier –, plagte ihn eine höllische Angst. Es war wie nach einem Albtraum und er hatte das Gefühl, dass etwas Schreckliches geschehen war. Jens öffnete seine Augen, wusste aber nicht, was es war.

Licht von der Straßenbeleuchtung erhellte schwach das Zimmer. Jens versuchte sich zu beruhigen, einen klaren Gedanken zu fassen. Sein blaues T-Shirt klebte nass verschwitzt am Körper, er fröstelte und setzte sich langsam auf. Es war ihm übel und sein trockener Mund ließ die Zunge am Gaumen festkleben.

Was ist mit mir geschehen, fragte er sich. Langsam legte sich die Panik, doch eine Restangst besetzte ihn immer noch, sie war nicht gewichen. Vorsichtig, mit vornüber gebeugtem Kopf stand er auf und drückte den Lichtschalter, das helle, weiße Licht durchflutete den

Raum. Er schaffte es gerade noch bis zur Toilette und übergab sich mit einem lauten Schwall Kotze in das Waschbecken. Daraufhin hatte er das Gefühl, wie eine tote Ziege aus seinem Mund zu stinken und spülte ihn mehrmals mit Wasser aus. Doch der unangenehme Geschmack im Rachenraum hatte sich festgesetzt.

Jens schaute in den Spiegel und konnte ein weißes, kreidebleiches Gesicht sehen.

„Sieht so ein Mörder aus?", fragte er sich mit leiser, unsicherer Stimme. Komischerweise spürte er, dass seine Hand ruhig war. Also war er nicht nervös!

„War dies das erste Mal, dass ich einen Menschen getötet habe, oder bin ich eventuell ein Serienkiller?", fragte er sich abermals. Sein Gesicht bekam nach diesem Gedanken einen ernsten, sehr ernsten Ausdruck und machte ihn noch nachdenklicher.

„Bei Gott, er ließ mir keine andere Wahl! Er oder ich!"

„Ist dies etwa eine Flucht vor mir selbst?", wechselten die Gedanken das Thema.

„Habe ich den ständigen Druck und die Last eines Mörders nicht mehr ausgehalten?

Und so mein Gehirn auf Null geschaltet und zurückgesetzt, um das alte Leben weit hinter mir zu lassen?", steigerte Jens sich in die Spirale der Schuld nach oben.

„Wie viele Menschen mussten wegen mir schon sterben?

Ist es nicht das Beste, wenn ich mich der Polizei stelle, dann hat dieser Spuk endlich sein Ende und das grausame, zermürbende Spiel ist ein für alle Mal vorbei!"

Der Tote im Seerosenteich

Wehr, drei Tage zuvor:

Kurz nach sieben Uhr morgens ging ein Notruf, eine Meldung aus einem Mobiltelefon, bei der Notrufzentrale Waldshut ein.
„Ich ... ich ... mmhh ... möchte eine Leiche melden. Ich ... ich habe eine Leiche entdeckt, sie liegt im Wasser und ...", gab die nervöse, belegte männliche Stimme in der Leitung abgehackt von sich.
„Wo sind Sie, von wo aus rufen Sie an? Bitte bleiben Sie ruhig. Wie heißen Sie?"
„Manfred Brauner. Ich bin im Park, äääḧhmm ... im Ludingarten hinter dem Alten Schloss in Wehr", stammelte der Mann unsicher und spürbar nervös.
„O. k., bleiben Sie ruhig, berühren Sie nichts, die Polizei wird in ein paar Minuten bei Ihnen eintreffen", beruhigte und befahl gleichzeitig der Diensthabende in der Notrufzentrale.

Nachdem er die Leiche ins Wasser geworfen und sich vergewissert hatte, dass er nicht beobachtet wurde, hatte sich Jens schleunigst aus dem Staub gemacht. Er war sich ganz sicher, das Wasser würde dafür sorgen, das keine DNA von ihm an der männlichen Leiche zu finden war. Sie würde sauber wie frisch gewaschene Windeln aus der Waschmaschine sein.

Früh am Morgen, er konnte nicht mehr schlafen, war Jens aufgestanden und zu Fuß durch die noch schlafende, menschenleere Innenstadt von Wehr am Rathaus vorbeigebummelt. Er kannte sich hier nicht aus, war mehr oder weniger durch Zufall die Treppen zwischen dem Parkplatz und einem großen, modernen und verwinkelten rotbraun angestrichenen Gebäude die vielen Betonstufen heruntergestiegen und so in den menschenleeren, friedlich daliegenden Park gelangt. Den Ludingarten.

Flugs zum selben Zeitpunkt, als Jens sich auf die grün gestrichene Holzbank am kleinen, verspielten und mit Seerosen überwucherten Teich mit seinem plätschernden Springbrunnen setzte, lugte die Sonne vorsichtig über den Hotzenwald. Ihre weichen Strahlen hoben sanft den dünnen Augustschleier über dem Tal an, spiegelten und tanzten fröhlich auf dem vom Springbrunnen leicht bewegten Wasser. Eine kleine Wasserschildkröte, deren brauner Panzer in der Sonne glänzte, machte sich genüsslich über die Blätter der Wasserpflanzen in Ufernähe her. Ihr Gesichtszug hatte was Ursprüngliches, Echsenhaftes und doch auch was Weiches an sich.

Unvermittelt nahm Jens auf der spiegelnden Wasseroberfläche eine Bewegung wahr.

Doch es war zu spät!

Er konnte nicht mehr reagieren. Die Metallschlinge um seinen Hals zog sich mehr und mehr zusammen, nahm ihm die Luft. Mit den Fingern versuchte er verbissen unter die Schlinge zu kommen. Doch sie zog sich immer mehr zusammen, wurde enger und enger und er wusste, es würde nicht mehr lange dauern und sein Kehlkopf würde dem enormen Druck nicht mehr standhalten. Es würde kurz knacken und sein Leben wäre ausgehaucht.

Ebenso wenig konnten seine nach hinten gestreckten, suchenden Arme den Angreifer erreichen. Und ihm war klar, hier ist ein Profi am Werk.

Er hatte das Gefühl, jeden Augenblick würde sein Kopf zerspringen. Er würgte und brachte nur ein tiefes Gurgeln und Stöhnen aus seinem Mund. Kleine Sterne tanzten bereits hell hinter seinen Augen und die Ohnmacht war zum Greifen nahe, als er wie eine Sprungfeder aufsprang, und sich mit beiden Beinen von der Rückenlehne der Bank abstieß und sich rückwärts mit seinem ganzen Gewicht und ganzer Kraft auf den Angreifer warf.

Der Aufprall war so hart, dass es knackte. Jens konnte nicht identifizieren, ob das Geräusch von ihm oder der anderen Person ausging.

Mit dem Schulterblatt knallte der Angreifer gegen die harte Holzeinfassung des Boule-Spielfeldes, die zersplitterte.

Das war seine Chance! Er nahm sie wahr!

Die Schlinge hatte sich wieder gelockert und aus der Drehung heraus versetzte Jens dem verdutzt dreinschauenden, auf dem Rücken liegenden Mann einen gezielten Kinnhaken. Dann drehte er sich um die eigene Achse, kniete sich hinter den elegant gekleideten Mann und fasste ihn mit beiden Händen am Kopf.

„Krack", tönte es kurz und dumpf, als Jens mit einer gekonnten Linksdrehung sein Genick zerstörte. Und es war klar, dass die Seele in diesem Augenblick den Körper verließ und ins Nirwana wechselte.

Er durchsuchte in aller Eile die Taschen des Unbekannten, doch der trug außer einem Autoschlüssel nichts bei sich.

Manfred Brauner, der immer noch wie bestellt und nicht abgeholt ratlos in der Nähe der Leiche stand, die mit dem Rücken nach oben zwischen den dichten

Seerosenblättern trieb, hörte die Polizeisirene schon lange, bevor der Wagen eintraf. Mit laut aufheulendem Motor und nervös blinkendem Blaulicht bog der Polizeiwagen in den Ludingarten ab und bremste so scharf, dass er auf der nicht asphaltierten Straße ein paar Meter schlitterte.

„Wo ist die Leiche?", frage der junge Beamte, kratzte sich sichtlich nervös an der Stirn und fuhr mit der Hand über sein glatt nach hinten pomadisiertes, langes blondes Haar. Man konnte spüren, dass dies sein erster Einsatz bei einem Mordfall war.

Der andere Beamte, ein schon etwas älterer Mann mit dichtem, grauem und kurz geschnittenem Haar – Typ George Clooney – rieb sich mit der rechten Hand am Hals und überlegte mit wichtiger Miene, was zu tun sei. Auch er war nervös, ließ es sich aber nicht anmerken und sicherte die ganze Fläche weitläufig mit rotweißem Markierungsband – Polizeisperre –, das im leichten Morgenwind flatterte, ab. Wies höflich die Neugierigen an, hinter der Absperrung zu bleiben.

Inzwischen hatten sich einige morgendliche Spaziergänger in den Park verirrt, andere wiederum wurden durch den laut tutenden Streifenwagen angezogen.

„Haben Sie etwas angefasst, haben Sie die Leiche berührt?", fragte der jüngere, pomadisierte Beamte, der nervös von einem Fuß auf den anderen trat und ununterbrochen mit dem Kugelschreiber knipste.

„Nein, wie sollte ich auch, er treibt ja mitten im Teich. Ich jogge jeden Morgen um dieselbe Zeit hier vorbei und dabei sah ich, dass etwas Dunkles, Undefinierbares mitten im Wasser lag. Und …", berichtete er dem Polizisten, der aufmerksam zuhörte und durch Kopfnicken seine Wichtigkeit kundtat und gelegentlich etwas in sein Notizbuch kritzelte.

„Guten Morgen, Egon Meyer, Mordkommission Waldshut. Bitte sperren Sie das Gebiet großräumiger ab und sorgen Sie dafür, dass auf keinen Fall jemand hinter die Absperrung kommt", forderte er nach kurzem Händedruck den hageren Polizisten der Polizeiwache Wehr auf. Er hatte sein teures Designer-Jackett ausgezogen und die Ärmel des weißen, penibel gebügelten Hemdes bis zu den Ellenbogen hochgekrempelt.

Und allen war klar, er ist der Ermittlungsleiter, der Chef, und es ist seine Show.

Zwei Assistenten, die Spurensicherung, waren mit ihm zusammen in einem VW Bus gekommen, zogen sich Gummihandschuhe und weiße Schutzkombis mit schwarzer Aufschrift "Polizei" auf der Rückseite über. Alles wurde fotografiert und nach Spuren abgesucht. Der Fundort wurde mit kleinen Schildern versehen, aufgefundene Teile fein säuberlich in Plastiktütchen verstaut. Die Leiche wurde in jeder Lage aus verschiedenen Perspektiven mit der Kamera festgehalten und dazu ebenfalls ein Kommentar aufs Aufnahmegerät gesprochen.

Mit einer Bahre trugen die zwei Assistenten, die sich in der Zwischenzeit kniehohe Gummistiefel angezogen hatten, den toten Mann vorsichtig ans Ufer. Bei jedem Schritt sanken sie im schlammigen Untergrund tief ein und es war ein mühevolles Unterfangen, die festgesaugten Füße unter dem saugenden Geräusch freizubekommen, und die Leiche, aus deren Kleidern das Wasser in Bächen ran, sicher ans Ufer zu jonglieren. Auf dem Rasen untersuchten sie sie oberflächlich und tauschten sich aus.

„Was denkst du, wie lange etwa liegt er schon im Wasser?", fragte der leitende Kommissar den großen hageren Assistenten, dessen Haar bereits dünner und dessen Scheitel auf der linken Seite sicherlich mit einem Lineal kerzengerade gezogen war und bei dem jedes einzelne Haar seinen festen Platz einnahm.

„Nicht sehr lange. Genau kann ich dir das erst nach eingehender Untersuchung und der Obduktion sagen."

„Also höchstens ein paar Stunden", setzte der gut gestylte Vorgesetzte nachdenklich hinzu und kratzte sich gedankenverloren am vorstehenden Kinn.

„Und kannst du schon was darüber sagen, wie er umgekommen ist?"

„Ja, sehr wahrscheinlich Genickbruch. Ich glaube nicht, dass er ertrunken ist. Doch mit hundertprozentiger Sicherheit kann ich dir auch das erst nach der Obduktion bestätigen. So wie es aussieht, hat er ebenfalls am Schultergürtel eine Verletzung, die aber nicht zum Tod führte."

„Chef, ich hab hier was gefunden", schrie einer der Ermittler und winkte ihn heran.

„Sehen Sie, hier sind kleine Blutspritzer auf der Boulebahneinfassung", und betupfte vorsichtig mit einem Wattestäbchen die sehr kleinen, kaum sichtbaren Blutspritzer. Er steckte sie in Glasröhrchen, die er anschließend beschriftete und in einer grauen Plastikbox verstaute.

„Also können wir davon ausgehen, dass der Fundort und der Tatort übereinstimmen", meinte Meyer voller Selbstüberzeugung.

Als Jens mit einer Tasse Kaffee beim Frühstück saß, blätterte Giulia in der Tageszeitung.

„Jetzt herrschen hier in unserer Kleinstadt auch schon Zustände wie in Chicago", bemerkte sie laut, schaute dabei auf und ergänzte lachend:

„Ich glaube, du ziehst die Kriminalität wie das Licht die Motten an. Überall wo du hingehst, geschieht etwas Schreckliches, mein Guter!"

Die Sonne, die zum Zimmerfenster hereinfiel, war wie ein stummer Bote des Bösen.

Von draußen waren spielende Kinder zu hören, doch im Raum herrschte Totenstille in diesem Augenblick. Das Ticken der Uhr an der Wand war das Einzige, was diese Stille im Raum durchbrach.

Jens griff nach der Zeitung und las auf der ersten Seite den Aufmacher:

Griechenland bringt den Euro in Gefahr, die Ohnmacht der Politik.

Den Artikel dazu schaute er nur mit stumpfem Blick an, war mit den Gedanken weit weg von dem Geschehen in der Eurozone.

Warum hört das nicht auf, warum verfolgt es mich auf Schritt und Tritt?, durchfuhr es ihn.

Er blätterte langsam, da er nicht verraten wollte, dass er unruhig war, so lange in der Zeitung, bis er den Artikel gefunden hatte, von dem Giulia sprach.

Leiche im Stadtpark Wehr.
Am vergangenen Donnerstag entdeckte ein Jogger bei seinen morgendlichen Aktivitäten eine Leiche im Seerosenteich. Er verständigte mit seinem Handy sofort die Polizei, die kurz darauf eintraf und den Fundort

sicherte. Der Tote, der noch am Fundtag zur kriminaltechnischen Untersuchung in das Gerichtsmedizinische Institut der Universitätsklinik Freiburg gebracht wurde, konnte bislang noch nicht identifiziert werden. Aus noch unbestätigter Quelle wird berichtet, dass es sich um Mord handelt. Das Hauptdezernat Waldshut hat die Mordkommission eingeschaltet und eine rund 25-köpfige Sonderkommission mit dem Namen „Soko Ludin" gebildet, aber dazu noch keine Stellung genommen. Leitender Hauptkommissar Meyer hofft nun auf Hinweise aus der Bevölkerung, die zur Aufklärung des Falles beitragen können. Diese nimmt die Kriminalpolizei Waldshut-Tiengen unter der Telefonnummer 07741..... entgegen.

Jens las den Artikel mehrmals, ließ das Geschehen nochmals vor seinem inneren Auge ablaufen und zerbrach sich den Kopf, wie der Killer ihn wohl diesmal finden konnte. Hier in einem verschlafenen Ort, in den sich nicht viele Fremde verirren.

Zufall konnte es nicht sein! Nein, nie und nimmer, das war ausgeschlossen! Irgendwie oder irgendetwas musste ihn verraten. Aber was, spann er sein Gedankenkonstrukt weiter.

Giulia konnte er ausschließen. Sie nicht, da war er sich ganz sicher. Absolut!

„Habe ich etwa einen Sender an mir?", fragte er sich erschrocken, als er auf seine teure Armbanduhr blickte. Ja, gut möglich, hier könnte ohne Weiteres ein Sender eingebaut sein.

„Giulia, kennst du einen guten Uhrenmacher hier in der Stadt?"

„Ja, hier um die Ecke ist ein Uhren- und Brillen-

geschäft. Warum fragst du?"
Jens schaute von der Zeitung auf und lächelte sie an.
„Meine Uhr ist in der letzten Zeit immer wieder stehen geblieben. Wahrscheinlich ist die Batterie alle und es wäre nicht zu entschuldigen, wenn ich mich bei unseren Dates verspäte", schmunzelte er sie an und warf ihr einen Kuss zu.
„Ja, das kommt einer Todsünde gleich, mon cherie."

Jens durchsuchte und tastete jede Naht, jeden Reißverschluss an seinem Rucksack nach irgendwelchen verdächtigen, elektronischen Gegebenheiten ab, wurde aber nicht fündig. Auch die eingeschweißten Geldscheine befand er als sauber. Schuhe und Kleider, ebenfalls Fehlanzeige.
Also doch die Uhr!

Der Transmitter

Über dem Eingang des kleinen Ladens prunkte eine übergroße, schwarze Taschenuhr mit goldenem Rand. Zelebriert sie etwa dem Besucher, wie kostbar und unwiederbringlich die Zeit ist? Die Antwort darauf blieb sie dem aufmerksamen Beobachter jedoch schuldig.

Das Geschäft befand sich in einem uralten, liebevoll renovierten Haus, dessen Giebelgestaltung sehr extravagant wirkte. Sie erinnerte Jens an eine Treppe und in ihm kam der Gedanke auf, dass es sich um eine Storchentreppe handelte, da diese Straße auch so benannt war; Storchenstraße.

Diese kleine, verträumte Stadt am Ausläufer des Hotzenwaldes ist bestrebt, die alten dörflichen Strukturen in den verschiedenen Ortsteilen zu erhalten und somit das Miteinander und die Identifikation mit ihrem Wohnort zu stärken.

An diesem Morgen hatte der noch frische Augusttag nicht sein schönstes Gewand an. Die pechschwarzen Wolken stauten sich am westlichen Abbruch zum Wehratal und der Himmel verdunkelte sich von einem Augenblick zum anderen, verdunkelte sich so stark, mit einem Gelbton vermischt, dass Weltuntergangsstimmung aufkam. Und schon zerriss ein ferner Blitz die dunklen Wolken. Dann brach das Unwetter los.

Petrus öffnete seine Schleusen und die schweren, wasserbeladenen Wolken schütteten eimerweise Regen über der Stadt aus. Dann durchzuckten schwefliggelbe Blitze das Firmament und der Donner grollte so heftig, dass Luft und Scheiben des Uhrengeschäftes vibrierten. Jens hatte das Gefühl, dass Petrus einen ganzen Köcher voller Blitze aufs Mal nach unten schoss.

„Guten Morgen. Sie bringen nicht gerade das schönste Wetter mit. Womit kann ich Ihnen behilflich sein?", fragte der Herr mittleren Alters hinter der Theke mit freundlicher Geste und einem verschmitzten, bübischen Lachen im Gesicht.

„Guten Morgen, ja, da haben Sie wohl recht, doch für das Wetter bin ich nicht auch noch zuständig", konterte Jens, machte den Verschluss, der mit einem Steg zusätzlich gesichert war, an seiner Armbanduhr auf und legte sie auf die Verkaufstheke.

„Meine Uhr bleibt immer wieder stehen. Können Sie bitte mal nachsehen. Ich glaube, dass irgendetwas in der Uhr ist, das da nicht hingehört."

„Wie kommen Sie denn auf diesen absurden Gedanken? Wie soll, bitte schön, etwas in eine verschlossene Uhr gelangen? Wow ... sehe ich richtig?" Der Uhrmacher stand mit offenem Mund überrascht und sprachlos da.

„Das ist eine *Spezial Edition ITW Forum!* So was Wertvolles hatte ich bis jetzt noch nie in meinen Händen. Das Ding ist eine Legende." Er drehte sich um, immer noch mit offenem Mund, und zog einen Katalog aus einer quietschenden Holzschublade.

„Sehen Sie, hier ist sie beschrieben", sagte er und zeigte auf eine ausführliche Beschreibung inklusive Abbildung im Uhrenkatalog.

„Das Ding ist ein Vermögen wert und Sie tragen den Gegenwert einer Eigentumswohnung einfach so mit sich herum", meinte der verblüffte Mann, schaute Jens erstaunt an und konnte sich nicht mehr beruhigen.

Er klappte seine Lupe, die er an einem Band am Kopf trug, herunter und öffnete mit einem pinzettenartigen Werkzeug ganz sachte und vorsichtig die Uhr.

„Wie ich Ihnen schon gesagt habe, ist da nur ein sehr wertvolles Schweizer Präzisionsuhrwerk drinnen. Die Batterie muss ausgewechselt werden", bemerkte er, ohne seinen Blick von diesem Kunstwerk zu lösen.

„O. k., dann wechseln Sie bitte die Batterie", antwortete Jens ein wenig belustigt.

„Diese Uhr ist reine Handarbeit, wurde nur ein paarhundertmal gefertigt und jeder Käufer musste sie persönlich in der Schweiz, in Schaffhausen, im ITW-Werk abholen. Jeder Besitzer einer solchen Uhr wird in einem speziellen Verzeichnis festgehalten und muss beim Verkauf neu registriert werden", belehrte der Uhrmacher mit wichtiger Miene seinen Kunden.

„Sie wissen ja ganz schön Bescheid über Ihr Business", lobte Jens ihn.

„Ist ja auch mein Hobby", gab er stolz zurück und überreichte die Uhr Jens ganz vorsichtig, behandelte sie wie ein rohes Ei.

„Was bekommen Sie von mir?", fragte ihn Jens.

„Nichts, so eine Uhr werde ich wohl nie mehr in meinem Leben in Händen halten", sagte er wie ein freudiges Kind mit glänzenden Augen an Weihnachten.

„Danke, das nenne ich einen Service", bedankte sich Jens und verließ den Laden.

Als er aus dem Geschäft trat, schien die Sonne wieder und die noch feuchte Straße dampfte und hinterließ den Sommergeruch von trocknendem Asphalt.

O. k., eines ist klar, die Uhr ist sauber, rekapitulierte Jens und nahm nochmals den Rucksack unter die Lupe, als ihm plötzlich die Idee kam, alle eingeschweißten Euronotenbündel aus den Schutzhüllen zu nehmen. Er riss die durchsichtigen Folien auf, was sich als nicht ganz einfach erwies, er musste alle Kraft dafür aufwenden.

„Scheiße, Scheiße, Scheiße!", fluchte er und hielt verdutzt einen winzigen Sender, kleiner als ein Stecknadelkopf, in der Hand.

„Hab ich dich, du verdammter Judas!", spie er wütend heraus. Der kleine Chip war an der Innenseite einer Banderole, die die Scheine fein säuberlich zusammenhielt, angeklebt. Der Sender war in derselben Farbe wie die Banderole gehalten und man konnte ihn nur entdecken, wenn man ganz vorsichtig – wie ein Blinder über die Markierungen, die Blindenschrift einer Note – mit den Fingerspitzen darüberfuhr.

Jens war mit einem Schlag bewusst, dass solche Hightechgeräte nicht auf dem freien Markt zu erwerben sind. Diese werden von Experten, von staatlichen Stellen eingesetzt. „Aber warum sollten es um Himmels willen FBI, CIA und Co. gerade auf mich abgesehen haben?"

Als sich die Tür öffnete und Giulia eintrat, schreckte er aus seinen Gedanken hoch.

Jens starrte sie an, ohne ein Wort zu sagen. Er vermied, ihr in die Augen zu sehen, als sie ihm gegenüberstand. Er schaute ihr ausweichend auf die Schultern oder auf die Wand hinter ihr.

„Jürgen, was ist los?", fragte sie erschrocken, denn wenn er sich so verhielt, keinen Augenkontakt halten konnte, war etwas im Argen und im Augenblick schien etwas sehr im Argen zu sein. So gut kannte sie ihn inzwischen.

„Schau, was ich hier gefunden habe", sagte er und streckte seinen Zeigefinger aus, auf dessen Spitze der Minisender lag.

„Was ist das, Jürgen, es ist so winzig, ich kann es kaum sehen", fragte sie erstaunt und hakte energisch und verstört nach.

„Wo kommt verdammt noch mal das ganze Geld her?"

Der Fußboden war gepflastert mit Euroscheinen.

„Das ist ein Satellitensender, mit dem du zentimetergenau feststellen kannst, wo sich der Überwachte aufhält", gab er zögerlich und nachdenklich von sich, kratzte mit der linken Hand, so wie er es immer tat, wenn er in Gedanken versunken ist, an seinem Hals.

„Und was hat das, bitte schön, mit dir zu tun? So langsam, aber sicher wirst du mir immer unheimlicher. Und die ganze Kohle, die hier wie bei Dagobert Duck verstreut herumliegt, gibt es dafür eventuell auch keine Erklärung? Ist sie einfach so mir nichts, dir nichts vom Himmel heruntergeschneit?", fuhr sie ihn wütend und verärgert an. Und ihre Augen verengten sich zu kleinen Schlitzen, die ihre Wut optisch unterstrich.

„Was soll ich sagen, ich weiß es wirklich nicht! Ich habe keine Ahnung! Nada!"

„Was soll ich sagen? Was soll ich sagen?", äffte sie ihn nach.

„Du sollst mir die Wahrheit sagen. Nichts als die Wahrheit. Basta! Und das Geld ist einfach so von der Decke heruntergerieselt?", sträubte sie sich gegen seine Antwort und zog eine Grimasse, die mehr als tausend Bände erzählte.

„Du hast ja recht, das Geld habe ich dir verschwiegen. Ich habe es hier in diesem Rucksack in einem Geheimfach gefunden, als ich an der Küste von Ägypten erwachte. Ich wollte dich nicht noch mehr beunruhigen, als ich dich in Italien kennengelernt habe. Ich hatte einfach Angst, dich zu verlieren, wenn ich dich mit diesen ganzen ominösen Dingen überhäufe! Intende?", verteidigte Jens sich. „Es war keine Absicht dabei, dich zu belügen, ich wollte es dir schon lange erzählen, doch die Dinge überstürzten sich von Mal zu Mal."

„Scheiße! Wie soll ich dir überhaupt vertrauen, wenn du mir nicht die ganze Wahrheit erzählst! Immer wieder

Lügen auftischst!", schrie sie zornig und zeigte dabei wie ein Löwe ihre Zähne.

„Sorry ... du hast ja recht, doch verstehe, für mich bricht auch alles wie ein Wasserfall über mich herein. Und ich kann mir keinen Reim darauf machen", sagte Jens, doch in ihm machte sich ein ungutes Gefühl breit, das ihm suggerierte, irgendetwas hafte ihm an, wodurch er das Unheil automatisch anzog.

Die Stimmung war so angespannt, dass sie am Rande einer Kernschmelze standen.

„Wenn wir schon beim Aufräumen sind. Was hast du mir sonst noch alles verschwiegen, äähhm ... aus deiner sogenannten Rücksicht?", sagte sie, hob dabei beide Arme in die Höhe und schnipste mit den Fingern.

„Kannst jetzt alles auf einmal beichten, dann bekommst du eventuell verminderte Schuldfähigkeit zugesprochen!"

„Nichts ...! Wirklich nichts!" Giulia konnte an seiner steifen Haltung erkennen, wie durcheinander er war.

„O. k., wir werden sehen! Was willst du mit dem Transmitter jetzt machen?", fragte sie ihn neugierig und wechselte das Thema.

„Ich habe gedacht, wir verschicken ihn per Post in ein fernes Land, sollen sie mich doch dort suchen. Wenn ich ihn zerstöre, werden sie hier mit der Suche beginnen. Mit dem Ding hier im Gepäck sitze ich auf einem Pulverfass", erklärte er wieder etwas gelöster.

„Was hältst du von Japan, oder noch besser, senden wir das Ding in den Vatikan zum Papst?", gab sie schallend lachend zum Besten.

Zwanziguhrnachrichten

Giulia stellte die Taste des Fernsehers auf lauter, als die „Tagesschau" ausgestrahlt wurde.
„Wehr. Der in der vergangenen Woche tot aufgefundene Mann im südbadischen Wehr konnte bis jetzt noch nicht identifiziert werden. Die vorläufige KTU, die Kriminaltechnische Untersuchung, der Leiche hat ergeben, dass er nicht eines natürlichen Todes gestorben ist. Eine anschließende forensische Untersuchung ergab, dass es sich um einen nordamerikanischen Mann handelt. Die Mordkommission Waldshut hat unter dem Namen „Ludin" eine rund 25-köpfige Sonderkommission, die „Soko Ludin", ins Leben gerufen", las die Nachrichtensprecherin vor. Danach wurden Bilder der Fundstelle gezeigt sowie einige Bürger zum Thema befragt.

„Das ist ja unfassbar! Jetzt ist es hier auf dem Land auch schon so weit! Wenn ich das Haus verlasse, dann … ", und ähnliche entsetzte Kommentare gaben die befragten Bewohner der Kleinstadt empört, aber auch ängstlich von sich.

„Ich glaube, heute sitzt ganz Wehr vor der Glotze und schaut gierig diese schrecklichen Nachrichten in der Hoffnung, sich selbst auf der Mattscheibe zu erblicken. Ist das nicht eine verrückte Welt?", sagte Giulia mit Wehmut und unterstützte ihre Aussage mit einem Kopfnicken.

„Ja, ich glaube, der Mensch ist einfach so", antwortete

Jens abwesend und dachte mit Entsetzen:
„Wer bist du eigentlich, du kannst Menschen nur mit den bloßen Händen töten? Ich muss unbedingt herausfinden, was hier läuft. Und was das Ganze mit mir zu tun hat."
„Inzwischen glaube ich auch, dass die Masse so tickt", bestätigte sie ihn.

Wir wissen gar nichts über den Toten, dachte sich Egon Meyer, Leiter der Mordkommission, als er noch spätabends in seinem Büro vor der Akte *Ludin* saß.
Die Ermittlungen bei allen Hotels in der Umgebung, Befragungen der Anwohner, alles hatte nichts gebracht. Nicht den geringsten Anhaltspunkt, obwohl das volle Programm, angefangen beim Zahnabgleich bis hin zur Eurofingerabdruck-Datenbank,
aufgefahren wurde.
„Was haben wir bis jetzt? Nichts. Nada!", fluchte Meyer wütend.
„Meyer, lösen Sie den Fall so schnell wie möglich, die Presse sitzt mir im Nacken. Es müssen schnellstens Ergebnisse her. Das ist wichtig. Sehr wichtig, ich hoffe, Ihnen ist das bewusst!", machte ihm der zuständige Staatsanwalt Dampf, doch er konnte nichts vorweisen.
„Ja, es ist wichtig für deine Karriere, du ...", brummelte Meyer und hätte diesem Bürohengst am liebsten in den Allerwertesten getreten.
Doch leider war es so. Nicht das Geringste hatten sie in der Hand. Der einzige Anhaltspunkt war das in der Nähe abgestellte Auto. Hier fanden sie einen Koffer mit auserlesenen Waffen und elektronischen Geräten, wie sie eigentlich nur bei dem amerikanischen Geheimdienst CIA verwendet werden. Aber das konnte ja reiner Zufall sein.

Die Amerikaner antworteten nicht auf seine Anfragen, aber vielleicht lag das auch an seinem holprigen Schulenglisch. Da wollte er morgen nochmals nachhaken. Und Interpol reagierte auch nicht auf die versandten Fingerabdrücke und DNA.

Es ging ihm einfach zu langsam vorwärts und das machte ihn nervös, um nicht zu sagen fuchsteufelswild.

„Warum trägt in der heutigen Zeit dieser Mann kein Handy bei sich. Das ist doch nicht normal. Jeder hat heute so ein Scheißding bei sich, nur der nicht", sagte er verärgert laut zu sich selbst, als das Telefon ihn aufschreckte.

„Ja, Meyer, äähhm .... good evening, habe ich Sie richtig verstanden, Sie haben in mehreren ungeklärten Fällen dieselbe DNA gefunden?", gab er unverzüglich, auf einmal wieder hellwach, in den Hörer.

„Ja, beim Abgleich der DNA-Muster ergab es einen Spur-Spur-Treffer. Es liegen uns aus mindestens vier verschiedenen Ländern Anfragen mit der gleichen DNA vor. Unserer Meinung nach handelt es sich ausnahmslos um Mordfälle – manche auch getarnt als Unfälle – an Menschen in führenden Positionen. Hierbei ist die DNA aber nicht bei diesen Morden, sondern komischerweise immer danach, also in einem kurzen zeitlichen Abstand bei einem weiteren Mord an einer jeweils unbekannten Person aufgetaucht. Und wir können keinen Zusammenhang finden. In zwei dieser Fälle ist man sich nicht sicher, ob es sich um Selbstmord oder Mord handelt. Ich werde Ihnen die Akte per Mail senden. Wenn Sie noch weitere Fragen haben, wenden Sie sich an mich, ich komme in diesen Fällen leider auch nicht weiter. Wünsche Ihnen noch einen schönen Abend."

„Danke, Ihnen auch", antwortete Meyer, und er hörte

das Tuten im Hörer nicht mehr, er war sofort wieder vertieft in seine Gedanken zu diesem Fall. Das Ganze machte ihn misstrauisch. Irgendwas war faul an der Sache. Das sagte ihm sein Gespür.

Als Hauptkommissar Meyer am nächsten Tag die ersehnte E-Mail von Interpol in seinem Postfach fand, „na, wer sagt's denn, ist doch schon mal was", knurrte er zufrieden und leerte das volle Wasserglas in einem Zug und goss sich nochmals nach.

Er druckte die gesamten Akten im Anhang der Mail aus. Und las aufmerksam Wort für Wort. Hauptkommissar Meyer konnte sich keinen Reim darauf machen. Er konnte es biegen und wenden, wie er wollte.

Alles deutete auf einen Täter aus den USA hin, doch die zuständige Behörde in den Vereinigten Staaten hielt sich sehr bedeckt, war mehr als geizig mit Informationen. Sie blockten.

„Hauptkommissar Meyer am Apparat", meldete er sich. Er nahm den Höher immer erst nach dem vierten Klingelton ab, das bezeugte seine Wichtigkeit.

„Guten Morgen, Herr Meyer, mein Name ist Rüdiger Scholler, ich bin Leiter des LKA Stuttgart. Sie leiten die „Soko Ludin", ist das richtig?", fragte eine tiefe Stimme, die grollte wie Donner.

„Ja, um was geht es denn, Herr … ähm?"

„Scholler", kam es wie aus der Pistole geschossen, „ich wollte Sie bitten, mir sämtliche Akten über den Fall zukommen zu lassen. Wir übernehmen ab sofort und Sie können sich mit Ihren Leuten wieder mit voller Kraft auf andere Fälle stürzen!", gab der Mann vom LKA in einem Befehlston, den Meyer nicht gewohnt war, zu erkennen, dass hier jetzt höhere Mächte am Werk waren.

„Herr Scholler, wir sind mitten in den Ermittlungen und ..."

„Haben Sie mich nicht verstanden? Spreche ich etwa undeutlich oder was?", und Meyer war klar, Widerrede duldete dieser Mann nicht. Nein, ganz und gar nicht.

„O. k., Herr Scholler, spätestens morgen haben Sie sämtliche Akten auf dem Tisch", er hatte den Satz nicht recht beendet, als Scholler ihn schon unterbrach.

„Ich danke Ihnen für Ihr Verständnis und Ihre Kooperation. Das Ganze bekommen Sie noch schriftlich von Oberstaatsanwalt Ludwig Boehme unterzeichnet. Einen schönen Tag", und schon hatte er aufgelegt.

„So ein Arsch! Diese Typen habe ich gefressen, diese Sesselfurzer ", schrie er laut mit hochrotem Kopf, trat mit dem Fuß mit voller Wucht gegen seinen Aktenschrank und hinterließ auf dem hellen Holz einen unschönen Abdruck seiner schwarzen Schuhsohle.

Für ihn war die Sache spätestens jetzt klar:

Es handelte sich hier um einen brisanten Fall, von dem die Öffentlichkeit nichts erfahren durfte. Ein Joint-Special-Operating-Comand, das direkt dem Weißen Haus untersteht, oder Gott weiß wer versuchte nach Attentaten Spuren zu verwischen. Hier ging es um hoch sensible Angelegenheiten, die politische Brisanz besaßen. Und somit war die Akte in Waldshut-Tiengen geschlossen. Und Meyer war sich sicher:

Der aufgefundene Tote im südbadischen Wehr konnte als amerikanischer Tourist identifiziert werden und der Fall wurde den US-Behörden übergeben.

So oder ähnlich würde der nächste Pressebericht lauten

und der Mord würde sehr schnell aus den Köpfen der Bewohner verschwinden und durch andere Negativnachrichten in Vergessenheit geraten.

„Da rechts hinten kannst du die katholische Kirche sehen", erklärte Giulia und zeigte auf die im Neobarock erbaute Kirche, die auf einer Erhöhung über der Stadt thronte. Der graue Zwiebelturm mit der großen Uhr darunter und dem mächtigen Kirchenschiff dahinter erhob sich im wahrsten Sinne des Wortes über jedes andere Gebäude, ließ sie ihre Macht sichtbar spüren.

„Wenn ganz klares und schönes Wetter herrscht, kann man von hier oben die Alpenkette mit Eiger, Jungfrau und Mönch sehen", bemerkte sie stolz. An diesem Tag war die Sicht durch Wolkenfetzen, die schlaff und zäh wie nasse Watte über der Alpenkette hingen, versperrt.

In solchen Augenblicken konnte man wahrnehmen, dass Giulia zu den wenigen Menschen zählte, die dem Rhythmus der Natur, der Bahn der Jahreszeiten folgen.

Giulia und Jens waren von zu Hause aus über einen alten, mit Holz verkleideten und überdachten Steg, der nur einen Steinwurf von ihrem Elternhaus entfernt war, dessen eigentümlicher Geruch sich im Geruchsnerv eines jeden Betreters unauslöschlich für immer und ewig festsetzte und der beide Uferseiten des kleinen Flusses, getragen durch drei mächtige Holzstützen, miteinander verband, Hand in Hand wie ein frisch verliebtes Paar geschlendert. Kurz danach mühten sie sich den schmalen Pfad, der so schmal war, dass sie hintereinander gehen mussten, eine steile, mit dunklen Nadelbäumen bewachsene Anhöhe hinauf. Die vielen Windungen verdoppelten die Wegstrecke und oben ein wenig außer Atem angekommen betraten sie ein altes Schloss, von dem jedoch nur noch ein paar Grundmauern übrig waren. Hier herrschte eine eigenartige Ruhe und Jens hatte das Gefühl, an diesem Ort, umgeben von dem alten, mit hellgrünem Moos überwucherten Gemäuer, dem uralten Baumbestand, eine eigentümliche Energie wahrzunehmen.

Von der kleinen, runden, betonierten Plattform, mit grob gezimmerten Nadelholzbalken eingefasst und überdacht, wurde der Besucher mit einem faszinierenden Blick über das ganze Tal für den mühsamen Aufstieg belohnt. Die Häuser schmiegten sich in das enge Tal und man wurde das Gefühl nicht los, dass sie mit ihrer Umgebung verschmolzen, richtig verwachsen waren.

„Hier ist die Natur so schön, dass sie kaum von einem anderen Ort der Welt zu übertreffen ist", sagte Giulia, als sie mit strahlenden Augen über das Tal blickte und sich zu Jens hin drehte. So nah, dass beide die enorme Spannung und das Knistern in der Luft spürten und Jens dabei fast schwindelig wurde. Und ihm war klar, dass ihre Gedanken reiner als frisches Quellwasser waren, und ein Leben in Tristesse kam für ihn nicht infrage. Er begehrte diese Frau! Er begehrte sie so stark, dass ihn ein seltsames Gefühl überkam, dass er meinte, zwischen den Zeiten zu wandern. Ihrer beider weiche, warme Lippen tauschten dieses einmalige, intime Gefühl untereinander aus, ließen es immer und immer wieder auf den anderen überspringen, sie in eine fremde Sphäre aufsteigen.

„Halt mich fest, ganz fest, und lass mich nie wieder los", hauchte Jens ihr ins Ohr.

Die Sackgasse

„Es tut mir schrecklich leid, aber ohne das entsprechende Inhaberzertifikat kann ich Ihnen leider keine Auskunft darüber geben", gab der ältere Herr mit Schlips und dunklem Anzug zum x-ten Mal und unverrückbar zur Antwort.
„Herr ...?"
„Urs Böri", half er ihm.
„Herr Böri, ich habe das Dokument nicht mehr! Vielleicht habe ich es verlegt oder verloren. Weiß der Kuckuck, wo sich das Zertifikat versteckt! Können Sie nicht eine Ausnahme machen? Nur das eine Mal? Bitte! Wir sind extra aus Italien angereist", bohrte und log Jens unerlässlich.
„Sie müssen bei einem Notar oder der Polizei Ihre Identität auf diesem Formular hier bestätigen lassen, sowie Kaufdatum und ...", erklärte er langsam sprechend mit seinem schweizerischen Akzent und hielt Jens das dreiseitige Formular der Uhrenfabrik ITW Schaffhausen in der Schweiz vor die Nase und tippte mit dem Zeigefinger so stark darauf, dass es wie Regen auf ein Autodach raschelte.

„Komm, lass gut sein, Jürgen", sagte Giulia zu ihm, fasste ihn am Oberarm und zog ihn aus dem prachtvollen, mit schwarzen, geradlinigen Designermöbel „Le Corbusier" ausgestatteten Foyer der Uhrenfabrik. Und verabschiedete sich höflich, während sie gleichzeitig nach dem Formular griff.

„Besten Dank für Ihre Bemühungen, Herr Böri. Wir wünsche Ihnen einen schönen Tag."

Die Uhrenfabrik lag unmittelbar am Rhein, nicht weit entfernt vom Rheinfall.

Giulia bestand darauf, ihm den Rheinfall zu zeigen.

Und so standen sie auch bald auf der Aussichtsplattform und staunten über die riesigen Wassermassen, die mit einem tosenden Donnern und weißer Gischt sich nach unten stürzten, während winzig kleine Wassertropfen die Luft schwängerten. Und einen schillernden Regenbogen, wie von Geisterhand, in die Luft zauberten.

Giulia wandte ihm den Kopf zu. Jens blickte sie an und begann sie zu sehen, wie sie war; ruhig, ausgeglichen, intelligent, manchmal auch überschwänglich und schön. Unsagbar schön. Ja, sie ist eine besondere Frau mit ihrer kurvenreichen Linie, dachte er. Sie stellte oft ganz unbewusst Regeln für gutes Benehmen und guten Geschmack auf, von denen man, ob man wollte oder nicht, Notiz nehmen musste, und zwar wenn sie einen auf ihre bestimmte Art anblickte, wenn sie verletzt schwieg oder sich plötzlich zurückzog oder gleich auf Angriff ging. Das war oft ermüdend und zugleich doch aufregend, schließlich und endlich auch demütigend, denn Jens spürte immer, dass sie recht hatte. Fast immer.

Warum ist diese Frau eigentlich noch nicht vergeben, spann er den Bogen seiner Gedanken weiter? Es gibt doch sicherlich eine ganze Schlange von Verehrern. Wahrscheinlich sind es ihre hohen Ansprüche, die die Chancen auf dem Heiratsmarkt gleich auf Null reduzieren, grinste er zufrieden in sich hinein.

„Das war wieder einmal eine bittere Mandel, die wir schlucken mussten", bemerkte Giulia und streichelte Jens zärtlich an der Wange, „manchmal können die Schweizer aber auch ganz schön stur sein."
„Er hat ja nur seine Pflicht getan, und ich ... war halt frustriert, dass auch diese Spur ins Nichts führte."
„Jürgen, wenn sich eine Türe schließt, dann öffnet sich meistens eine andere. Wir brauchen nur etwas Geduld. Und jetzt lass uns den wunderschönen Tag genießen", motivierte sie ihn und der Tag wurde ...

Die Sonnenstrahlen sickerten durch die Öffnungen des nicht ganz heruntergelassenen Rollladens und kitzelten Jens an seiner Nase. Im Halbschlaf versuchte er den Störenfried mit der Hand wegzuwischen.
Es war inzwischen zehn Uhr morgens, doch er fühlte sich müde und wollte noch nicht aufstehen. Die Flasche Rotwein des vorigen Abends durfte nicht schlecht werden, so zumindest bemerkte Giulia, sie musste vernichtet werden, denn es war ein guter Jahrgang. Die anschließende Nacht verbrachten beide mit stürmischem Sex, sodass es schon früher Morgen war und die Amseln ihr Liedchen sangen, als ihre Augen sich übermüdet schlossen.
Jens versuchte sich selbst zu überreden: Du bist nicht müde, du bist nicht gerädert, nein, du bist topfit und ausgeschlafen. Los, raus aus der Kiste!
Er stützte sich mit beiden Armen auf dem Bett ab, ließ

die Beine auf den Boden gleiten und atmete ein paarmal tief durch, um die Müdigkeit abzuschütteln. Sein offener, trockener Mund hinterließ einen bestialischen Mundgeruch und die verschwollenen Augen wollten auch lieber geschlossen bleiben. Er musste seine ganze Energie aufwenden, sich zusammenreißen, um sich nicht wieder hinzulegen und weiterzuschlafen.

Die warme Dusche spülte dann letztendlich diese Lethargie, die Antriebslosigkeit und den leichten Schwindel den Abfluss runter.

Hoffnung

„I want to break free from my live ...."
plärrte das Radio in voller Lautstärke und die ganze Küche war mit dem Gesang von Queen erfüllt, als Jens den Raum betrat.

Schlagartiger Schwindel brachte seinen Gleichgewichtssinn ins Wanken und er bemerkte, wie alles auf einmal in seinem Kopf aussetzte, ihm schwarz vor Augen wurde und ... dann automatisch ein Film vor seinem inneren Auge abspulte, gegen den er sich nicht wehren, ihn nicht wegwischen konnte:

Ein großer, hoher, heller Raum. Theken und Tresen, dahinter standen gut gekleidete Frauen und Männer. Sie unterhielten sich angeregt mit den Personen, die vor den Schaltern standen. Einige saßen auch an einem Schreibtisch, hatten Bildschirme vor sich und diskutierten mit ihrem Gegenüber, während sie zwischendurch immer wieder auf den Bildschirm schauten.

„Einhundert, zweihundert, dreihundert, voilà", zählte ein älterer Herr, während er Schein für Schein routiniert auf den Tresen blätterte.

Jens nahm alles wahr, konnte alles klar sehen und hören. Realität?

„Ja, bitte, was kann ich für Sie tun?", fragte ihn plötzlich eine elegant gekleidete, junge Frau, die vor ihm auftauchte.

Doch die Antwort bekam Jens nicht mehr mit. Freddie Mercury sang mit seiner tiefen, magischen Stimme in voller Lautstärke und die ganze Küche war erfüllt von seinem Lied, von seiner Aura;

von einem Wimpernschlag zum anderen Szenenwechsel.

Das Ganze dauerte nur einen ein Atemzug lang, dann war alles wieder weggewischt, unwirklich. Vorbei!

„Was ist mit dir, Jürgen?", fragte ihn Giulia erschrocken.

„Mir ist plötzlich schummrig und schwarz vor Augen geworden. Und dann hatte ich das Gefühl ... ich weiß nicht, wie ich es erklären soll ... hhm, etwas zu träumen", meinte Jens unsicher und bestürzt, noch ein wenig wackelig auf den Beinen.

„Shit, die ganze Flasche Wein gestern war doch zu

viel", bemerkte sie, „setz dich und trink eine Tasse Kaffee, die macht dich wieder wach!", sagte sie und wischte ihm den kalten Scheiß mit dem Geschirrtuch von der Stirn.

Jens saß teilnahmslos bei Tisch und schlürfte einen Schluck heißen Kaffee aus der dampfenden Tasse. Der Vorfall hatte ihm zugesetzt, ließ ihn nicht los.

„Ist dir übel, mein Herz?"

„Nein."

„Hier, ich habe dir ein paar frische Brötchen vom Bäcker geholt", sagte Giulia liebevoll und schob ihm den Korb mit den noch warmen Brötchen und der Butter hin.

Giulia blickte Jens dabei ohne Lächeln in die Augen, sie suchte in ihm nach einem Gedanken, den sie unter allen Umständen finden wollte. Es war eine Charaktereigenschaft von ihr, die Menschen so lange anzusehen, zu studieren, bis sie von selbst mit ihren Problemen herauskamen oder sie selbst entdeckten.

Und Jens wusste nicht damit umzugehen, hatte auch keine Lust, über ihr Verhalten nachzugrübeln, und fing an zu erzählen:

„Ich stand unvermittelt in einem großen, hohen und sehr hellen Raum mit ..."

Kapitel 8

Die heiße Spur

Als sie in den kleinen Mazda stiegen, erwachte gerade der Morgen und er konnte an ihrem dünnen Pullover – den verhärteten Brustwarzen – eindeutig ablesen, wie kalt es an diesem frühen Morgen war. Über den Wäldern, Wiesen und der Stadt verstreute die Sonne ihre ersten Strahlen. Der schwache Wind trug die morgendlichen Geräusche – ein Hahn krähte, in weiter Ferne bellte ein Hund – zu ihnen.

Heute war es ihm nicht schwergefallen aufzustehen, das warme Leintuch unter seinem Körper zu verlassen. Obwohl Jens vergangene Nacht – vor Aufregung – fast kein Auge zugetan hatte, sprang er frisch wie eine Rose im Morgentau aus dem Bett und war bester Laune. Denn der Tag sollte neue Erkenntnisse bringen, vielleicht erfuhr er auch, wer er war.

Giulia lenkte den Wagen. Jens ließ sich von ihr gerne chauffieren. Gegen alle männlich erzeugten Gerüchte – Frauen können nicht Auto fahren – fuhr sie sehr gut, er fühlte sich sicher neben ihr. Die Straßen waren um diese Zeit nicht stark belebt und sie fuhr langsam. Jens sprach kein Wort, er genoss es, mit den Augen die unbekannte Umgebung zu erkunden, verlor sich aber immer wieder im Gedanken, was heute auf ihn zukommen würde.

„Was meinst du, werden wir heute etwas mehr erfahren über mich?", fragte er sie.

„Ich glaube schon, nein ... ich bin überzeugt, dass wir heute einen guten Schritt weiterkommen!", munterte sie

ihn auf.
Während sie ihm antwortete, dachte er:
„War es nur ein Konstrukt meines Verstandes? Oder war es wirklich meine Erinnerung, die sich bei dem Lied von Queen wieder gemeldet hat?"
Doch seine Gedanken, die an diesem Morgen nur um seine Person schwebten, wurden schnell verdrängt.
Als sie vor ihm auf der Terrasse in der Sonne saß und ihren Kaffee trank, mit dem Kaffeeschaum auf der Oberlippe, sah sie aus wie ein Kätzchen, das Sahne geschleckt hat. Der goldbraune Nacken, die vollendeten Schultern, der schmale Hals mit der weichen, reinen Haut und im Hintergrund die Silhouette der Innenstadt von Basel. Meine Mona Lisa, dachte Jan freudig.
Sie hatten über seinen Backflash in den vergangenen Tagen öfters gesprochen. Der Raum im Backflash war eine Bank und relativ einfach zu identifizieren, denn Jens konnte sich gut an die Embleme auf den Krawatten und Schals der Angestellten erinnern.
Beim gemeinsamen Duschen hatte Giulia die phänomenale Eingebung:
„Ich glaube, deine Tätowierung am Arm ist ein Geheimcode bei der Bank. Und du hast ihn sicherlich verschlüsselt aufgebracht, so wie du tickst", sagte sie voller Überzeugung und mit einem Selbstbewusstsein, das Jens immer wieder von Neuem überraschte.
Als sie hinter ihm im Bad stand und seinen Arm mit der Tätowierung in Spiegelschrift im Spiegel sah, hatte es sich in ihrem Kopf manifestiert:
Das ist ein Passwort für ein Geheimkonto bei einer Bank. Ich muss es nur noch in die richtige Reihenfolge bringen.
Giulia schrieb sich die Zahlen und Nummern auf ein

Blatt Papier. Und dann wurden alle möglichen und unmöglichen Varianten durchgespielt. Sie konnte unerbittlich ein Ziel verfolgen und es ließ ihr keine Ruhe mehr – wie ein Pitbull, der sich festgebissen hat –, bis sie erreicht hatte, was sie sich einmal in den Kopf gesetzt hatte. Den ganzen Tag zermarterte sie sich das Gehirn. Dann, am Abend nach einem Glas Rotwein, kam ihr die phänomenale Idee, die Position jedes Buchstaben im Alphabet durch eine Zahl zu ersetzen. Es waren tatsächlich dieselben Zahlen.

Jetzt galt es die richtige Reihenfolge zu finden. Giulia ordnete die tätowierten Zahlen in umgekehrter Reihenfolge an und siehe da.

10 - 1 - 19 - 16 - 5 - 18 ergab den Namen „Jasper".

Und das Ergebnis befriedigte sie, befriedigte sie so sehr, dass sie den ganzen Abend im Flow des ausgeschütteten Adrenalins schwamm, sich nicht mehr beruhigen konnte. Und bei der vermeintlichen Bank recherchierte sie, wie viel Stellen die Kontonummern haben. Zehn Stellen. Nochmals ein Treffer!

Nach außen strahlte Jens eine gelassene Ruhe aus, als er das Bankgebäude betrat. Doch diese Ruhe war trügerisch, wie die im Auge eines Hurrikans. Denn er war aufgewühlt und musste seine feuchten Hände ein paarmal am neuen Jackett, das sie extra für diesen Auftritt gekauft hatten, trocken wischen. Er betrat das prunkvolle Gebäude alleine und es wäre ihm viel lieber gewesen, wenn Giulia an seiner Seite stünde.

„Ja, genauso sah es in meinen Backflash aus", sagte er, atmete ein paarmal tief ein und ging mit gespielter Ruhe weltmännisch, lässig auf die Rezeption zu.

„Guten Tag, ich möchte Geld von meinem Geheimkonto abheben!"

„Einen Augenblick bitte, ich rufe die zuständige Dame. Nehmen Sie doch so lange da drüben Platz", sagte sie, bevor sie sich nach seinem Namen erkundigte, und nahm anschließend das Telefon in die Hand, während Jens sich auf den kalten Ledersessel setzte.

Es steckte eine gewisse Ruhe in diesem Kommen und Gehen. Die Schalterhalle und Beratungszonen der Bank waren den neuesten akustischen Erkenntnissen angepasst, sodass nur noch gedämpfte Lautstärke bemerkbar war und diese durch Hintergrundmusik überspielt wurde.

„Guten Morgen, Herr De Angelo, würden Sie bitte mit mir kommen", sagte die Dame im grauen Hosenanzug mittleren Alters mit wichtiger Miene.

„Bitte nehmen Sie Platz", forderte sie Jens in akzentfreiem Hochdeutsch auf, und er setzte sich im schick ausgestatteten Büro auf den zugewiesenen Stuhl.

„Was darf ich Ihnen zum Trinken anbieten?"

„Nichts, vielen Dank, ich habe gerade einen Kaffee getrunken", äußerte sich Jens ruhig und gelassen.

„Wenn Sie mir bitte schön Ihren Pass geben und Ihr Codewort mit Kontonummer auf dieses Formular schreiben und dies auch unterschreiben könnten", forderte sie ihn höflich auf und zeigte auf eine bestimmte Stelle auf dem Formular.

Jens wurde aufs Mal flau im Magen.

„Schei..., was ist, wenn sie nicht richtig sind", schoss es ihm schlagartig durch den Kopf. Und wenn sie merkt, dass ich nicht der auf dem Passfoto bin. Doch er fing sich augenblicklich, schluckte den Kloß in seiner Kehle runter und schrieb:

Jasper und die Kontonummer; mit ruhiger Hand und einem gleichmäßigen Schriftbild auf das Formular. Ja, er hatte mehrfach zu Hause diesen Augenblick durchgespielt, den Namen und diese Nummer geschrieben, die er inzwischen auswendig wusste.

Giulia ermahnte ihn auch, er solle gefälligst die Unterschrift „De Angelo" aus dem Pass ihres Cousins üben. Wie recht sie hatte!

„Vielleicht musst du in der Bank einen Ausweis vorlegen und unterschreiben", hatte sie ihn mit Nachdruck ermahnt.

Jens wiederholte auf ihr Ermahnen den Namen Jasper immer wieder in der Hoffnung, sich an irgendetwas zu erinnern. Doch er sagte ihm nichts.

Die Frau tippte etwas in den Bildschirm vor ihr und fragte:

„Wie viel Geld möchten Sie denn abheben, Herr De Angelo?" Während sie noch sprach, drehte sie den Bildschirm zu Jens hin, nachdem sie mit dem Flachbettscanner den Pass von ihm eingescannt hatte.

„Dies hier ist Ihr aktueller Kontostand", sagte sie und zeigte mit einem Stift auf die entsprechende Position auf dem Bildschirm.

Was Jens da sah, konnte er nicht fassen.

„Wie bin ich nur zu so viel Geld gekommen?", er wusste nicht, ob er vor lauter Freude einen Luftsprung machen sollte oder …

„Fünftausend Euro bitte", bemerkte Jens, ohne zu überlegen.

Jens sah in der linken oberen Ecke auf dem Bildschirm die Überschrift:

Verbindungen; drunter waren Girokonto und Schließfach angegeben.

„Ich möchte bitte noch an mein Schließfach."

„O. k., dann bekomme ich hier noch eine zusätzliche Unterschrift von Ihnen!", forderte sie ihn auf und riss ihn aus seinen Gedanken.
„Ähm ... wie bitte?", fragte er völlig überfordert und weggetreten.
„Sie müssen hier noch unterschreiben, wenn Sie an Ihr Schließfach gehen wollen. In der Zwischenzeit kann ich für Sie das Geld am ATM abheben", erklärte sie ihm freundlich.
„Herr De Angelo, Sie müssen in das Display Ihre Kontonummer und den Code eingeben", wies die Bankangestellte ihn an, als sie im Tresorraum vor einem kleinen Bildschirm, der in der Wand eingelassen war, standen. Sie waren durch eine offen stehende, einbruchsichere Panzertür in den mit Neonröhren beleuchteten Raum, der eine sterile Atmosphäre ausstrahlte, getreten. Jeder Winkel war ausgeleuchtet und die ganzen Wände mit verschieden großen Edelstahlschließfachtüren vollgepflastert.
„Wenn Sie hier fertig sind, dann können Sie bei mir das Geld abholen", sagte die Frau und verließ den Raum.
„Klick" machte es und ein mittelgroßes Fachtürchen sprang auf, nachdem Jens das zweite Mal seine Eingabe mit „Ja" bestätigt hatte. Jens' Herz schlug so stark, dass er es in den Ohren pochen hörte. Die Nervosität stieg ins Unermessliche, als seine zittrige Hand den Metallbehälter aus dem Fach zog und ihn auf dem kleinen Tisch in der integrierten Kabine im Tresorraum abgestellt hatte. Jens öffnete den Deckel.
Etwa zehn Pässe, von verschiedenen Ländern ausgestellt, und ein verschlossenes, braunes DIN-A4-Kuvert mit der Anschrift *Jens Jasper, Hauptstraße* ... lag darin.

„Jens Jasper, wer ist das? Bin ich etwa Jens Jasper?", fragte er sich selbst so laut, dass er vor der eigenen Stimme erschrak. Doch er traute sich nicht, den zugeklebten Umschlag zu öffnen. Er war zu nervös und hatte Angst vor dem Inhalt.

Jens öffnete Pass für Pass. Jeder lautete auf einen anderen Namen, aber jeder mit einem Bild von ihm versehen. Den letzten, den er in die Hand nahm – ein deutscher –, lautete auf Jens Jasper. Auch diesen betrachte er nur oberflächlich. Er wollte die Details einfach nicht wissen. Es war alles zu viel für ihn. Sein Nervenkostüm war überbeansprucht und er hatte Angst, seine Beine könnten unter ihm wegknicken.

Diesen deutschen Pass schob Jens in die Innentasche seines neuen Jacketts, dabei rang er sich keine Entscheidung ab, er musste nicht überlegen. Irgendetwas in ihm sagte, dass er diesen mitnehmen musste. Die anderen Ausweispapiere legte er zurück in den Metallbehälter, machte den Deckel zu und schob ihn in das Fach zurück und schloss es ebenfalls.

„Auf Wiedersehen, Herr De Angelo. Ich wünsche Ihnen noch einen angenehmen Aufenthalt in Basel", verabschiedete sich die Bankangestellte, nachdem er für den Erhalt der fünftausend Euro unterschrieben hatte.

Die Spiegelneuronen von Giulia liefen auf Hochtouren, als sie ihm ins Gesicht blickte, sie übertrugen sich auf ihre Gefühle und sie wusste, dass etwas Einschneidendes geschehen sein musste; konnte fühlen, greifen, dass mit ihm etwas geschehen war.

Dunkle Schatten der Vergangenheit

„Bist du bereit?", fragte Giulia. Jens hatte seine scharfen, dunklen Augen auf sie gerichtet und ihn überkam ein Gefühl der Angst. Ein Kloß stieg aus dem Magen in den Hals und setzte sich fest. Am liebsten wäre er aufgestanden und abgehauen. Irgendwohin, um nur nicht diesen Brief hier öffnen müssen. Seine undefinierbaren Gefühle waren dabei, ihn voll in Besitz zu nehmen. Hier in der Küche, wo sie saßen, befand sich alles da, wo es hingehörte und immer war; die Teller und Tassen im Schrank, die Messer, Löffel und Gabeln in den Schubladen, die Uhr an der Wand tickte auch gleichmäßig wie immer.

Doch er? Wo gehörte er hin?

So sehr er sich auch anstrengte, keine Erinnerung, nicht der kleinste Erinnerungsfetzen kam dabei heraus. Nichts, einfach nichts.

„Mein Herz, bist du bereit?", fragte ihn Giulia nach einer langen Pause erneut.

„Ja", gab er kurz und knapp zur Antwort und atmete ein paarmal tief durch.

„Willst du dabei alleine sein, soll ich rausgehen?"

„Nein, ich will, dass du hierbleibst."

Jens drehte sich um, nahm ein Messer aus der Schublade und schnitt mit der scharfen Klinge das braune DIN-A4-Kuvert vorsichtig auf. Griff rein und zog die in der Mitte fein säuberlich gefalteten Seiten langsam heraus.

Giulia wusste einen Augenblick nicht, wie sie sich verhalten sollte, und rutschte ebenfalls unruhig auf ihrem Stuhl hin und her. Auf der Stirn von Jens hatte sich eine tiefe Denkfalte gebildet und seine Mundwinkel waren gespannt wie die Sehne eines Bogens. Kein Strahlen, keine Gelassenheit, was ihn sonst ausmachte, konnte Giulia in diesem schweren Moment an ihm ausmachen. Etwas Düsteres umgab sein Gesicht und sein ganzes Wesen, und ihr war bewusst, er hatte Angst, sehr große Angst, eine übermächtige Angst. Ja, und seine Angst ist begründet, dachte sie nachdenklich.

Was bedeutet eigentlich Angst?, fragte sie sich in diesem schweren Moment.

Giulia kam zum einhelligen Entschluss, dass durch ein Ereignis, das in der Zukunft liegt und von dessen Eintreten und Verlauf der Betroffene einen negativen Ausgang erwartet, Angst entsteht. Sie, die Angst, bezieht sich also immer auf die Zeit vor dem Ereignis.

Die Seiten waren dicht mit einer gleichmäßigen, schönen und geschwungenen Handschrift beschrieben. Die Tinte war schon etwas verblichen.

Sie spürte, dass er langsam, sehr langsam Wort für Wort las, jeden Buchstaben einzeln in sich aufnahm und immer wieder las. Seine Mimik veränderte sich dabei nicht. Doch er wirkte mit jedem Satz, den er las, noch angespannter und zog seine Schultern immer mehr verkrampft nach oben und sein Brustkorb verengte sich mehr und mehr.

Nach langer, sehr langer Zeit, Giulia kam es wie eine gefühlte Ewigkeit vor, legte er die dicht beschriebenen Blätter vor sich auf den Tisch, ließ sie aber nicht los. Nein, er ließ sie nicht los, er klammerte sich fest an sie wie ein Ertrinkender an einen rettenden Ast. An seine

Vergangenheit.
Jens beugte sich vor, schloss für einen Augenblick seine Augen. Als er sie wieder öffnete, sah sie viele Tränen darin. Ein ganzes Meer von Tränen, die sich jahrelang angestaut hatten, liefen jetzt über seine Wangen und tropften mit einem lauten „blopp ... blopp ... blopp" ununterbrochen auf das beschriebene Papier. Das Ganze hatte ihn schwer getroffen, viel schwerer, als sie angenommen hatte. Sein Gesicht verriet tiefstes Unglück, wurde finster wie eine Gewitterwolke.

„Kann ich was für dich tun?", fragte sie ihn, vermied aber, ihm diesmal direkt in die Augen zu blicken. Dann stand sie auf, ging um den Tisch herum, legte ihre Arme auf seine Schultern, küsste ihn zärtlich auf seine dunklen Haare und wischte sich ihre eigenen Tränen aus dem Gesicht. Ob sie wollte oder nicht, sie konnte nichts dagegen tun. Ihre Augen füllten sich mit salzig schmeckenden Tränen des Mitleids.

„Nein, danke. Ich weiß selbst nicht, was ich damit anfangen soll. Ich kann es einfach nicht einordnen. Es ist für mich alles so fremd und unwirklich, wie ein Film im Kino. Ich weiß nicht, was das mit mir zu tun hat", sagte er und hielt die Augen fest geschlossen, als wollte er das eben Gelesene nicht an sich heranlassen.

„Ich erinnere mich an nichts!", gab er dann mit einem Schluchzen wehleidig, nein, es war schon ein wenig in Wut übergegangen, von sich.

„Bitte lese es selbst", bat er sie und schob Giulia, die sich inzwischen wieder hingesetzt hatte, die beschriebenen Seiten hin. Er stand auf, atmete kurz durch, verschwand aus ihrem Blickfeld und ging ins Wohnzimmer nebenan. Jens legte sich aufs Sofa und ein erneuter Schwall Tränen folgte und ließ den ganzen

Körper durchzucken und vibrieren. Er konnte sich nicht mehr kontrollieren und all seine angestaute Wut, Verzweiflung und Suche öffneten die Schleusen. In diesem Augenblick war ihm nicht nach Theater. Nein, in diesem schweren Moment seines Lebens war ihm nicht danach und gegen die Gefühle konnte er sich nicht auflehnen. Sein ganzer Körper zitterte immer noch unter dem Schluchzen.

„Lieber Jens,
wenn du diesen Brief liest, mein Sohn, dann bin ich und dein Vater schon nicht mehr!
Mit dem Fall der Mauer und dem Untergang der DDR war es für mich und deinen Vater nicht mehr möglich weiterzuleben. Unsere Lebensaufgabe, unsere ganze Energie, unser Herzblut, die wir der Deutschen Demokratischen Republik gewidmet haben, ist auf einmal weggebrochen. Mir nichts, dir nichts, weg, einfach weg. Aufgelöst, ausgelöscht, unwiederbringlich.
Noch schlimmer! Plötzlich sind alle gegen das, was noch vor Kurzem ihr Ideal war, für das sie gekämpft und sich eingesetzt haben. Alle sprechen sich frei und verdammen diesen Staat, die staatlichen Institutionen, für die sie sich aufgeopfert haben. Alle wollen sich reinwaschen, nicht dabei gewesen zu sein. Die gesammelten, geheimen und unter Verschluss gehaltenen Staatssicherheits-Unterlagen sollen nun jedem zugänglich gemacht werden.
Das ist und kann nicht recht sein. Nein!
Dein Vater und ich haben deshalb be-

schlossen, dass wir uns dies nicht antun, und scheiden freiwillig aus diesem Leben. Gott möge uns vergeben.

Lieber Jens, ich verstehe, dass du dich jahrelang nicht mehr bei uns gemeldet hast.

Es tut mir sehr, sehr leid, dass du meine Liebe nicht so erfahren durftest, wie du sie verdient und als Kind gebraucht hättest. Bitte vergebe mir, dass du die Wärme und Zuneigung von deinen Eltern nicht erhalten hast!

Ich und dein Vater, wir haben uns in die Arbeit und das Regime der DDR geflüchtet.

Ein Geheimnis, das ich nie preisgegeben habe, aber dein Vater sicherlich gespürt hat, war der Auslöser dafür.

Vor langer, sehr langer Zeit war ich für die Deutsche Demokratische Republik für ein Jahr im Sudan als Englischlehrerin tätig.

Das Land, die Leute, alles war sehr fremd und ungewohnt für mich. Die Arbeit bereitete mir viel Spaß, doch ich litt sehr an Heimweh. Und es kam eines Tages, wie es kommen musste.

Es war an einem Wochenende, ich hatte dienstfrei und besichtigte die Tuti-Insel bei Khartum, als plötzlich und unvermittelt ein Mann hinter mir stand und mich ansprach. Asrar El Archid El Emam. Ein schlanker, großer, schwarzhaariger, gut aussehender Ägypter mit sonnengebräunter Haut. Ein Beduine. Ich war von einer Sekunde auf die andere in ihn verliebt, von seiner Aus-

strahlung, seinem ganzen Wesen so fasziniert, um nicht zu sagen gefangen. Ich konnte mich dagegen nicht wehren, so sehr ich es auch versuchte. Dieser Mann, dieses Lächeln, diese guten Manieren und ein unfassbares Wissen, was er mit sich herumtrug, dem war ich machtlos ausgesetzt, einfach gefangen. Und so hat es sich ergeben, dass wir ...

So standen in dem Brief von Jens' Mutter das ganze Zugsamentreffen und die Erlebnisse mit El Archid ausführlich beschrieben. Den Höhepunkt bildete die Erklärung, dass er nicht der leibliche Sohn von Bertram Jasper, sondern von El Archid ist. El Archid, der aber nichts von seiner Existenz weiß. Ebenso dass El Archid mehrere Briefe an sie geschrieben hat, sie aber nie geantwortet habe. Diese Briefe lagen separat im DIN-A4-Umschlag, ungeöffnet mit einer ägyptischen Anschrift, die Jens bereits kannte. Es war die von Abdalla, der ihm mehr oder weniger das Leben gerettet und wie einen Bruder aufgenommen hatte. Ironie des Schicksals, ja, er ist sein Halbbruder.

Und der Brief endete:

Lieber Jens, wir vermachen dir unser ganzes Vermögen, das Haus sowie das von Oma Anna und bitten dich nochmals um Vergebung für unsere Verfehlungen. Wir lieben dich und ich wünsche dir, dass du den Frieden in dir findest, den du dir immer so sehr gewünscht hast, und eine Frau kennenlernst, die dich um deiner Selbst willen liebt.

Deine dich liebenden Eltern

„Wow. Wow, wow! So etwas kann unmöglich wahr sein", sagte Giulia zu sich selbst ganz aufgelöst. Sie konnte einfach nicht glauben, was sie eben gelesen hatte, saß lange Zeit ruhig da, um das Gelesene zu verdauen. Und dann stand sie auf, öffnete die Wohnzimmertür.

Beide schauten sich betreten an und schwiegen für eine gefühlte Ewigkeit.

Jens lag blass auf dem Sofa und überwand sich und sagte:

„Bin ich wirklich der, von dem diese Frau schreibt?

Bin ich ein uneheliches und ungeliebtes Kind, ein Versehen, ein Stasiprodukt?", sagte er ein wenig abwesend, weggerückt von der Realität.

Giulia zögerte einen Moment, bevor sie reagierte. Auch ihr fiel es sichtlich schwer, im Augenblick Gesprächsstoff zu finden, damit er nicht merkte, wie sehr sie über seinen Kummer brütete.

„Und ich weiß, durfte erfahren, dass du ein sehr gefühlvoller, lieber und rücksichtsvoller Mann bist", sie kniete neben das Sofa und beugte sich vor, näher zu ihm, und küsste ihn liebevoll auf seine Stirn, kuschelte sich neben ihn. Sie umarmten einander.

Und es wurde Nacht. Eine stille Nacht, in der nichts gesprochen wurde.

Dann kam ein neuer Tag.

Er musste ungefähr eine Stunde gehen, bis er die Streuobstwiese oberhalb von Wehr erreichte. Jens drehte sich um, ließ seinen Blick umherschweifen. Ganz in der Ferne im hellen Licht erblickte er Eiger, Jungfrau und

Mönch mit ihren schneebedeckten Gipfeln, doch das Hämmern des Spechtes, das hin und wieder die Ruhe unterbrach, nahm er in diesem Augenblick nicht wahr. Jens war alleine unterwegs und er wollte das Erfahrene zuerst mit sich selbst ausmachen. Dann setzte er sich ins hohe, lichte Gras der Magerwiese. Der wilde Salbei, die Minze, die Schafgarbe dufteten verführerisch, ergaben in ihrer Gesamtkomposition das Parfum der Natur. Der verströmte erdige Duft der im Licht der Sonne farbig leuchtenden Wildblumen wurde vom würzigen Aroma der Wildkräuter überlagert. Die Luft war voller Gesumms der verschiedenen Insekten, die Nektar von den Blüten naschten.

Jens strich sich das inzwischen lang gewordene schwarze Haar, das im Sonnenschein wie poliertes Ebenholz glänzte, aus dem verschwitzten Gesicht. Die neuen Erkenntnisse ließen ihn nicht los, marterten unaufhörlich sein Gehirn. Er nahm den deutschen Pass, der auf den Namen Jens Jasper ausgestellt war, in die Hand und betrachtete das Bild.

„Bin ich das wirklich?"

Die Frage stellte er dem Bild. Doch dies antwortete nicht. Nein, dies tat es nicht.

Daraufhin schob er den Ausweis wieder in seine Tasche zurück, legte sich auf den Rücken, schloss seine Augen und versuchte alle Gedanken aus seinem Kopf loszuwerden, einfach zu verscheuchen. Und schlief dabei ein.

Als er aufwachte, er musste wohl schlecht geträumt haben, übergab er sich ins Gras, keuchte mühsam und verlor kurzfristig das Bewusstsein.

Jens lag bäuchlings auf dem Boden, die Hände

umklammerten verkrampft einen Büschel Gras, als er allmählich wieder zu sich und einen klaren Kopf bekam. Mit mechanischer Hartnäckigkeit trommelte ein einziger Satz in seinem Gehirn:

„Ich bin Jens Jasper! Ich bin Jens Jasper! Ich bin Jens Jasper! Ich bin Jens Jasper!"

Seine innere Unruhe und seine schweren Atemzüge beruhigten sich nach und nach. Und er konnte endlich wieder einen klaren Gedanken formulieren, der über die sich immer wiederholte Bestätigung seiner Identität hinausging.

Jens drehte sich auf den Rücken, beobachtete gedankenfrei die langsam dahinziehenden Wolken. Dann sprach er laut vor sich hin, um den vertrauten Klang seiner Stimme zu hören, denn seine eigene, vertraute Stimme beruhigte ihn, brachte ihm Entspannung. Diese Erfahrung hatte er bereits schon einmal gemacht.

Dann zog er abermals den Reisepass aus seiner Tasche, schaute die harten Fakten im Ausweis an und sagte langsam, mit ruhiger, gebetsmühlenartiger Stimme:

„Ich bin Jens Jasper, geboren 1971 in Berlin. Ja, der bin ich!"

Er setzte sich auf, atmete tief durch und wartete, bis das Zittern – das beim Anschauen des Ausweises eingesetzt hatte – am ganzen Körper und das Dröhnen unter der Schädeldecke vom aufkommenden Kopfweh vorüber war, sich gelegt hatte.

Dann schaute er mit geschlossenen Augen zurück in seine Vergangenheit – von der er vor wenigen Minuten geträumt hatte –, die ihren Schleier mit einem Flügelschlag hob und ihm die verlorene Erinnerung zurückbrachte.

Wie ein Schwarz-Weiß-Film in Zeitlupe liefen die

wichtigsten Stationen seines bisherigen Lebens auf der inneren Leinwand ab, wie:

er als Kind Oma Anna besuchte ...,
seine Mutter Lena ihn lieblos behandelte ...,
sein Vater Bertram ...,
er kurz nach der Wende von einer internationalen Organisation aus den USA als Auftragskiller ausgebildet und angeheuert ...,
seine Aufträge als Killer ...,
er sich mit einem Rettungsring von Bord des untergehenden Schiffes rettete und sein Gedächtnis verlor ...

„Scheiße, ich bin ein Mörder, ein Krimineller, ein Auftragskiller!", schrie er lauthals sich selbst vorwurfsvoll an. Doch er spürte, als er diese bitteren Worte ausgespuckt hatte, wie auch eine ungewohnte Coolness, eine Selbstsicherheit ihn ausfüllte. Da war plötzlich keine Spur von Angst mehr da. Er hatte sich wieder gefangen, war Herr seiner eigenen Gedanken und Vergangenheit. Die Ohnmacht wechselte zu Macht.

Doch was Jens nicht spüren konnte, auch nicht wissen konnte, er war nicht mehr der, der er einmal gewesen war. Der Eiskalte, Berechnende, der seine Gefühle verdrängte. Wie beim Lichtschalter hatte sich die Vergangenheit mit einem Klick ausgeschaltet, war die alte Haut abgestoßen. Er war ein anderer geworden. Es ist wie eine zweite Geburt, man findet ein neues Leben, bei dem man auch seinen wahren Platz im Leben findet.

Seine Seele hatte die Enge nicht mehr ausgehalten, sie musste befreit, freigelassen werden.

„Ich muss unbedingt der Sache mit meinem leiblichen Vater auf den Grund gehen", sagte er. Doch kaum war dieser Satz über seine Lippen gebracht, spürte er, meinte er zu spüren, dass sich alles in seinem Kopf wieder zu drehen anfing und ein großes, schwarzes Loch sich öffnete, ihn zu verschlingen drohte. Er beugte sich vornüber, legte den Kopf in beide Hände, atmete tief durch, bis er sich besser fühlte. Nein, diesmal würde er sich nicht diesem Schwindel hingeben, er wusste, er konnte ihn loswerden. Aber nur wenn er ihn nicht zuließ, ihm keinen Raum gab. Als er sich einigermaßen erholt hatte, stand Jens auf und lief zurück.

Es gab noch viel zu besprechen und zu klären und er wollte keine Zeit mehr dafür verlieren, es war schon zu viel wertvolle, unwiederbringliche Zeit verloren gegangen.

Kapitel 9

Donnerstag, 17. September 2015
Ironie des Schicksals oder das Erwachen

„Alles o. k., Jens?", fragte Giulia, die neben ihm im Flugzeug saß, das in spätestens einer halben Stunde in Alexandria landen würde.
Jens schaute gedankenverloren durch die kleine ovale Kunststoffluke der Maschine ins dunkle Nichts der Nacht.
„Äähhm ...äähh ... was hast du gesagt, Giulia?"
„Ich wollte wissen ob du sehr nervös bist, deinen Halbbruder zu treffen?", wiederholte sie und schaute ihn verständnisvoll an.
„Ja, sehr, und ich weiß nicht, wie ich auf ihn zugehen soll. Wie, bitte schön, kann man jemandem plausibel erklären, dass man ihn umbringen sollte, und dazu noch seinen eigenen Bruder?", sagte er sehr zögerlich, nachdem er nochmals eine Weile ins Leere gestarrt hatte. Er versuchte zuerst, gleichgültig zu sprechen, damit sie nicht sah, wie seine Lippen zitterten.
„Am liebsten würde ich auf der Stelle umkehren", gab er schnell hinterher zu.
„Jens, oft sind es die Dinge, die nicht ausgesprochen werden, die uns am stärksten binden. Und ich habe dich kennengelernt als einer, der die Dinge ausspricht, auf sie zugeht. Die meisten Menschen schleichen an der Tür vorbei. Obwohl sie die Klinke quasi schon in der Hand halten, gehen sie nicht hindurch. Ausweichen ist viel einfacher, als der Herausforderung ins Angesicht zu schauen. Und du, du stellst dich den Herausforderungen.

Deshalb liebe ich dich auch so sehr."

„Seine eigene Lebenslinie zu kreuzen, ist das möglich?", dachte Jens und spielte den Gedanken weiter:

„Und wer weiß, vielleicht hatte ich schon immer die eigene Mitte im Visier und nicht die Opfer."

Doch im Moment wollte er die schrecklichen Geister der Vergangenheit nicht rufen. Am liebsten hätte Jens sich die Ohren und Sinne verstopft, doch das war in diesem Stadium nicht mehr möglich.

Jens musste die letzten Tage bitter erfahren, dass es nicht der Hass ist, der einen befreit, sondern die Liebe, und ihm wurde klar, dass alles, was er gemacht hatte, ihn hierher geführt hatte, zu ihm selbst geführt hatte, allem einen Sinn gab.

Dass die Jugend wie ein weißes, unbeschriebenes Blatt Papier ist, das man im Laufe des Lebens vollschreibt und viel, viel später herausfindet, dass man zu viel Unnötiges aufs Papier brachte. Aber das weiß man Gott sei Dank erst hinterher. Und das ist gut so, denn Leben ist das, was einem begegnet, während man unterwegs ist, und nicht das, was man krampfhaft sucht.

Und Jens spürte unvermittelt in diesem Moment, ganz tief im Innern, dass er schon immer mit jemandem zusammenleben wollte, dass dies sein Vakuum füllen würde. Und ihn überkam das wohlige Gefühl, angekommen zu sein, zu Hause zu sein.

Und diese Person hatte er auf Umwegen gefunden: Giulia!

Und er schaute dabei zufrieden in den dunklen Nachthimmel über Alexandria.

„Da draußen ist etwas viel Größeres am Werk, als wir uns überhaupt vorstellen können", sagte er laut zu ihr, und auf einmal war ihm klar:

Das Leben kann man wahrscheinlich nur rückwärts verstehen, doch leben muss man es vorwärts.

Sie musterte ihn lächelnd, gab ihm einen warmen, sanften Kuss und Jens war bewusst, sie hatte seine Gedanken erfasst.

Es war wie ein leises Klingeln in der Nacht.

Seine Eltern hatten seine Seele vergiftet, doch leider hat die Seele im Gegensatz zum physischen Körper keine Leber, die den Geist automatisch entgiftet und sie regeneriert.

Den Kampf gegen sich selbst aufgeben ...

Epilog

Die Wahrheit hat immer einen Preis und der ist oft nicht schön. Sie herauszufinden, ist die eine Sache, entscheidend ist jedoch, was du aus ihr machst.